Louise Rennison • Frontalknutschen

OMNIBUS

DIE AUTORIN Louise Rennison wohnt in Brighton, dem San Francisco Englands (abgesehen von der Sonne, den Amerikanern, der Golden-Gate-Brücke und den Erdbeben). Sie hat lange Zeit beim Kabarett gearbeitet und ist momentan viel als Journalistin für verschiedene englische TV-Shows unterwegs. Daneben schreibt sie für einige Jugendmagazine und arbeitet an weiteren Büchern über Georgia Nicolson. Louise Rennison hat zwei Goldfische, Finn und Bjork, die ihre größten Fans sind.

Louise Rennison

Frontal-knutschen

Die Bekenntnisse der Georgia Nicolson

Aus dem Englischen von Eva Riekert

OMNIBUS XL

OMNIBUS XL

Junge Bücher mit Format
von Bertelsmann

Band 25027

Umwelthinweis:
Dieses Buch wurde auf chlorfrei gebleichtem Papier gedruckt.

Deutsche Erstausgabe Mai 2000
Gesetzt nach den Regeln der Rechtschreibreform
OMNIBUS ist der Taschenbuchverlag
für Kinder und Jugendliche von Bertelsmann

Die Originalausgabe erschien unter dem Titel
»Angus, Thongs and Full Frontal Snogging«
by Piccadilly Press Ltd., London
Übersetzung: Eva Riekert
Lektorat: Kerstin Wendsche
Umschlagbild: Eva Schöffmann-Davidov
Umschlagkonzeption: Klaus Renner
bm · Herstellung: Stefan Hansen
Satz: Uhl + Massopust, Aalen
Druck: Graphischer Großbetrieb Pößneck GmbH
ISBN 3-570-25027-X
Printed in Germany

10 9 8 7 6 5 4 3 2

Für Mutti und Vati und meine kleine Schwester,
auch für Angus.
Sein riesiger, felliger Körper mag jetzt
im Katzenhimmel sein,
aber die Narbe an meinem Knöchel ist mir geblieben.
Auch für Brenda und Jude und die tollen
Leute bei Piccadilly.
Dank an John Nicolson.

August

La marche avec mystère

Sonntag, 23. August

In meinem Zimmer/Regen

10:00 Dad hatte Besuch von Onkel Eddie und natürlich sind sie reingekommen und mussten hier rumschnüffeln und rausfinden, was ich mache. Wenn Onkel Eddie (der kahl ist wie 'ne Billardkugel) noch ein einziges Mal zu mir sagt: »Muss die Glatze mal wieder gewienert werden?«, dann bring ich mich echt um. Er rafft es wohl einfach nicht, dass ich nicht mehr im Spielanzug stecke. Am liebsten würde ich ihn anschreien: »Ich bin vierzehn, Onkel Eddie! Ich platze vor Fraulichkeit, ich trag schon einen BH! Na gut, er sitzt noch ein bisschen locker und rutscht mir zum Hals rauf, wenn ich zum Bus laufe... aber das Potenzial ist da, du Kahlkopf!«

Apropos Busen, ich befürchte, dass es mir so geht wie den anderen Frauen in meiner Familie, ich krieg einen Vorbau Marke Ablage. Mum kann auf ihrem was abstellen, wenn sie die Hände voll hat – bei Partys und so kann sie ein Häppchen essen und ein Glas halten und noch was für später aufheben, das legt sie einfach auf die Ablage. Sehr hässlich. Ich möchte schon was dran haben, aber doch nicht zu viel, wie Melanie Andrews zum Beispiel. Letztes

Schuljahr nach dem Hockey hat mich beim Duschen fast der Schlag getroffen. Ihr BH sieht aus wie zwei Tragetüten. Wahrscheinlich hat sie Hormonstörungen. Störungen hat sie auf jeden Fall, wenn sie dem Ball nachläuft – Gleichgewichtsstörungen. Ich hab schon mal befürchtet, sie würde durch den Zaun crashen, so viel Schwung kriegt sie mit ihren beiden »Airbags«, wie Jas sie immer witzigerweise nennt.

Immer noch mein Zimmer
Immer noch Regen
Immer noch Sonntag

11:30 Nicht einzusehen, warum ich kein Schloss an meiner Zimmertür haben darf. Ich hab kein Privatleben: Mein Zimmer ist wie ein Taubenschlag. Jedes Mal, wenn ich irgend so was hier im Haus vorschlage, schütteln sie den Kopf und fangen an entrüstet zu glucksen. Als ob ich mit Hühnern in Klamotten zusammenlebe. Oder mit einem Haus voller nickender Hunde oder mit… Na, egal, ich krieg kein Schloss und damit basta.

»Warum eigentlich nicht?«, hab ich Mum berechtigterweise gefragt (als ich sie mal in einem seltenen Moment erwischt hab, wo sie nicht gerade in ihrem Italienischkurs oder mal wieder bei 'ner Party war).

»Weil dir was passieren könnte und dann kämen wir nicht rein«, hat sie gesagt.

»Was denn passieren?«, bohrte ich weiter.

»Na ja… du kannst doch ohnmächtig werden.«

Dann hat sich Dad eingemischt. »Du könntest dein Bett anzünden und würdest in den Rauchschwaden ersticken.«

Was ist bloß in die gefahren? Ich weiß schon, warum sie nicht wollen, dass ich abschließen kann. Es wäre das erste Anzeichen, dass ich auf dem Weg bin, erwachsen zu werden, und das passt ihnen nicht, weil es bedeuten würde, dass sie ihr eigenes Leben in den Griff kriegen und mich in Ruhe lassen müssten.

Immer noch Sonntag

11:35 Es gibt sechs Punkte in meinem Leben, die absolut nicht in Ordnung sind:

1. Ich hab so einen Unter-der-Haut-Pickel, der einfach nicht rauskommt, sondern die nächsten zwei Jahre als roter Knubbel lauern wird.
2. Er ist auf meiner Nase.
3. Ich hab eine zweijährige Schwester, die möglicherweise in mein Zimmer gepinkelt hat.
4. In vierzehn Tagen sind die Sommerferien vorbei und dann geht's zurück in den Gulag zu Lagerführerin Simpson und ihrem Haufen sadistischer »Lehrer«.
5. Ich bin total hässlich und sollte in ein Heim für Aussätzige.
6. Ich war bei einer Party – als gefüllte Olive verkleidet.

11:40 Also gut, das wär's. Ich schlag eine neue Seite auf. In Mums *Cosmopolitan* hab ich einen Artikel entdeckt, wie man glücklich wird, wenn man ganz unglücklich ist (was auf mich zutrifft). Der Artikel hat den Titel »Vertrauen Sie Ihren Gefühlen«. Man muss drei Schritte beachten: *Erinnern … Durchleben … Heilen.* Man denkt also an ein peinsames Erlebnis und ruft sich alle grässlichen Einzelheiten ins Gedächtnis – das ist das *Erinnern.* Dann stellt man sich den Gefühlen und akzeptiert sie und dann WIRD MAN DAS ERLEBNIS LOS.

14:00 Onkel Eddie ist wieder weg, Gott sei Dank. Er hat mich doch tatsächlich gefragt, ob ich im Seitenwagen von seinem Motorrad mitfahren will. Kommen die Erwachsenen eigentlich alle vom Mars? Was hätte ich denn sagen sollen? »Ja, Onkel Eddie, ich würde liebend gern in deinem Vorkriegs-Seitenwagen mitfahren. Bei dem Glück, das ich habe, würden alle meine Freunde sehen, wie ich mit einem verrückten Kahlkopf durch die Gegend kutsche, und das wäre mein gesellschaftlicher Untergang. Nein danke.«

16:00 Jas war da. Sie hat erzählt, dass sie Stunden gebraucht hat, bis sie nach dem Kostümfest aus ihrem einteiligen Anzug raus war. Hat mich nicht sonderlich interessiert, aber höflicherweise hab ich trotzdem gefragt, warum.

»Der junge Typ in dem Kostümverleih hat echt gut ausgesehen«, erzählte sie.

»Na und?«

»Weißt du, ich hatte ihm nicht meine richtige Kleidergröße gesagt – hab einen in Größe vierunddreißig statt in sechsunddreißig genommen.«

Sie zeigte mir, wie sehr der Anzug an Hals und Taille eingeschnitten hatte; die Abdrücke sind ziemlich tief. »Dein Kopf sieht ein bisschen aufgedunsen aus«, sagte ich.

»Das liegt nur am Sonntag.«

Dann hab ich ihr von dem Artikel in der *Cosmopolitan* erzählt und die nächsten Stunden haben wir damit zugebracht, uns an das Kostümfest zu erinnern (sprich: das peinsame Erlebnis) und uns dann den Gefühlen zu stellen, um so zur Heilung zu gelangen.

Ich gebe Jas die Schuld, und zwar voll und ganz. Gut, vielleicht war's ja meine Idee, als gefüllte Olive zu gehen, aber sie hat mich nicht daran gehindert, wie es sich für eine gute Freundin gehört. Genau genommen hat sie mich sogar ermutigt. Wir haben das Olivenkostüm aus Kaninchendraht und grünem Krepppapier gemacht – das war für die »Olive«. Das Gestell hatte schmale Träger, damit es nicht runterrutschte, und drunter hab ich ein grünes T-Shirt und eine grüne Strumpfhose getragen. Jas hat vor allem bei der »Füllung« geholfen. Wenn ich mich richtig erinnere, hat sie vorgeschlagen, dass ich mir das Haar, den Kopf, das Gesicht und den Hals rot färbe... wie so 'ne Art Pepperoni. Hat zuerst ziemlich lustig ausgesehen, das muss ich zugeben. Zumindest daheim in meinem Zimmer. Die Schwierigkeiten fingen an, als ich aus dem Zimmer wollte. Ich musste die Treppe seitwärts runtergehen.

Kaum bei der Haustür angekommen, musste ich noch mal zurück und die Strumpfhose wechseln, weil mein Kater Angus auf einmal seinen »Ruf der Wildnis«-Anfall bekam.

Er ist echt total plemplem. Wir haben ihn bei einem Urlaub am Loch Lomond aufgegabelt. Am letzten Tag hab ich ihn rumirren sehen im Garten von unserer Pension. »Kiek mal rin« hieß die. Das sagt ja wohl ziemlich genau, was das für Ferien waren.

Ich hätte mir gleich denken können, dass katzenmäßig nicht alles in Ordnung war, als ich ihn auf den Arm nahm und er meine Jacke zu zerfetzen anfing. Aber er war so ein süßes Kätzchen, getigert und langhaarig und mit riesigen gelben Augen. Schon als Kätzchen hat er wie ein kleiner Hund ausgesehen. Ich hab gebettelt, ihn mitnehmen zu dürfen.

»Hier geht er ein, er hat doch keine Mami und keinen Papi«, sagte ich klagend.

»Wahrscheinlich hat er sie aufgefressen«, meinte Dad trocken.

Echt, er kann so herzlos sein. Dann hab ich Mum bearbeitet und den Kater schließlich mitnehmen dürfen. Unsere schottische Wirtin hat gesagt, sie vermute, dass er wahrscheinlich ein Mischling sei, halb Hauskatze und halb schottische Wildkatze. Ich weiß noch, dass ich dachte: wie exotisch! Ich hab keine Ahnung gehabt, dass er so groß werden würde wie ein kleiner Labrador, ein verrückter zudem. Anfangs hab ich ihn an einer Leine rumgeführt. Aber wie ich schon unserer Nachbarin erklärt habe, er hat sie aufgefressen.

Wie dem auch sei, manchmal hört er wohl den Ruf der schottischen Highlands. Als ich also als gefüllte Olive an ihm vorbei bin, hat er von seinem Versteck hinter dem Vorhang (oder von seinem Bau, wie er es wohl in seinem Katzenkopf nennt) einen Satz gemacht und meine Strumpfhose, respektive seine Beute, angegriffen. Ich konnte ihn nicht mal durch Schläge auf den Schädel loswerden, weil er hin und her flitzte. Schließlich kriegte ich den Besen vor der Haustür zu fassen und verscheuchte ihn damit.

Dann hab ich nicht in Dads Volvo gepasst. »Warum ziehst du das Oliventeil nicht aus und steckst es in den Kofferraum?«, schlug Dad vor.

Echt, was sollte das nun wieder? Ich sagte: »Dad, wenn

du glaubst, dass ich mich in einem grünen T-Shirt und Strumpfhosen neben dich setze, musst du verrückt sein.«

Er wurde ganz sauer, wie alle Eltern, wenn man ihnen klarmacht, wie hoffnungslos blöd sie sind. »Gut, dann musst du eben zu Fuß gehen … Ich fahr mit Jas ganz langsam und du gehst nebenher.«

Ich konnte es nicht fassen. »Wenn ich gehen muss, warum gehen Jas und ich dann nicht gemeinsam und vergessen das Auto?«

Er hat dieses blöde Gesicht mit so zusammengepressten Lippen gemacht, das Väter immer aufsetzen, wenn sie glauben, dass sie was völlig Vernünftiges vorgeschlagen haben. »Weil ich genau wissen will, wo ihr hingeht. Ich will nicht, dass ihr zu nachtschlafender Zeit durch die Straßen irrt.«

Nicht zu fassen! »Warum sollte ich wohl zu nachtschlafender Zeit als Olive durch die Straßen latschen … Um bei irgendwelchen fremden Cocktailpartys aufzukreuzen?«

Jas grinste vor sich hin, aber Dad wurde typisch elternsauer. »Rede gefälligst nicht so mit mir, sonst gehst du nirgendwohin.«

Was soll's?

Als wir schließlich bei der Party eintrafen (ich zu Fuß neben Dads Volvo, der im Schneckentempo dahinkroch), wurde es erst recht schlimm. Zunächst haben alle gelacht, aber dann beachtete mich kaum noch einer. Mit der Todesverachtung einer gefüllten Olive hab ich allein getanzt, aber um mich herum sind dauernd alle möglichen Sachen auf den Boden gefallen. Unser Gastgeber fragte mich dann, ob ich mich nicht lieber setzen wolle. Das hab ich auch versucht, aber ohne Erfolg. Schließlich stand ich schon eine

Stunde an der Tür und wartete, ehe Dad kam, und diesmal hab ich das Kostüm im Kofferraum verstaut. Wir wechselten den ganzen Heimweg kein Wort.

Jas dagegen hatte einen tollen Abend. Sie hat erzählt, dass sie von Tarzans und Robin Hoods und James Bonds nur so belagert war. (Jungs haben eine unerschöpfliche Phantasie... oder?)

Ich war ein bisschen sauer, als das *Durchleben* dran war. »Ich hätte auch von Jungs belagert sein können, wenn ich nicht als Olive verkleidet gewesen wäre«, sagte ich verbittert.

»Georgia«, sagte Jas, »du hast es ulkig gefunden und ich hab's ulkig gefunden, aber du musst bedenken, dass Jungs nicht auf ulkige Mädchen stehen.«

Sie wirkte verdammt »weise« und »reif«. Was weiß sie denn schon von Jungs? Mit ihren dämlichen Fransen. Halt den Mund, Fransenliese.

»Ach, nee, das wollen sie also, die Jungs? Sie stehen auf alberne Tussis in Strampelanzügen?«, sagte ich.

Von meinem Fenster aus konnte ich den Pudel unserer Nachbarn kläffend an unserem Zaun auf und ab springen sehen. Sicher wollte er unseren Kater Angus verbellen... null Chance.

Jas hörte nicht auf, den Schlaumeier zu spielen. »Genau, ich glaube, sie stehen auf Mädchen, die ein bisschen anschmiegsam sind und nicht so, na ja... du weißt schon.«

Sie machte ihren Rucksack zu. Ich sah sie an.

»Nicht so was?«, wollte ich wissen.

Sie sagte: »Ich muss gehen, wir essen heute früh zu Abend.«

Sie ging aus dem Zimmer und mir war klar, dass ich lieber den Mund hätte halten sollen. Na ja, aber ihr wisst ja, wie das ist, wenn man weiß, dass man besser den Mund halten sollte... aber trotzdem weitermacht. So war das bei mir.

»Los, sag schon... nicht so was?«, drängte ich.

Auf der Treppe murmelte sie etwas vor sich hin.

Als sie zur Tür rausging, schrie ich: »Nicht so wie ich, das meinst du doch?!!!«

23:00 Ich merk schon, wie mir Jungs auf die Nerven gehen, dabei hab ich noch gar nichts mit ihnen am Hals gehabt.

Mitternacht Lieber Gott, lass mich keine Lesbe werden wie die haarige Kate oder Miss Stamp.

0:10 Was machen Lesben überhaupt?

Montag, 24. August

17:00 Kein Schwein ruft mich an. Ich könnte genauso gut tot sein. Ich hau mich in die Falle.

17:30 Libby ist reingekommen und hat sich zu mir ins Bett gekuschelt. Sie hat so lange gekichert, bis ich aufstehen musste. Libby ist so niedlich, auch wenn sie ein bisschen müffelt. Wenigstens mag sie mich und hat nichts dagegen, dass ich Sinn für Humor hab.

19:00 Ellen und Julia haben mich aus einer Telefonzelle angerufen. Sie sprachen abwechselnd mit französischem

Akzent. Wir gehen morgen auf eine Geheimnistour. Oder auf *La marche avec mystère.*

22:30 Hab mir 'ne Gesichtsmaske aus Eigelb aufs Gesicht geschmiert, falls wir irgendwelche umwerfenden *garçons* sehen auf unserer Tour.

Dienstag, 25. August

9:00 Bin aufgewacht und hab gedacht, ich hätte Gesichtslähmung. Es war echt unheimlich – meine Haut war ganz straff und starr und ich konnte die Augen nicht richtig aufmachen. Da fiel mir die Eigelbmaske ein. Bin wohl beim Lesen eingeschlafen. Ich geh lieber nicht mehr so früh ins Bett, meine Augen werden davon ganz geschwollen. Ich seh aus, als ob wir einen Orientalen in der Familie gehabt hätten. Stimmt aber leider nicht. Die Exotischste in unserer Familie ist Tante Kathy, die auf Chinesisch singen kann, aber nur nach ein paar Gläsern Wein.

11:00 Hab mich mit Ellen und Julia bei Whiteleys verabredet für unsere *Marche avec mystère.* Wir haben vereinbart, uns sportlich-lässig zu kleiden, ich zieh 'ne Skihose, Stiefelchen und einen schwarzen Rollkragenpulli an und nehm einen Anorak mit. Ich mach auf die junge Brigitte Bardot, was Blödsinn ist, denn a) seh ich ihr kein bisschen ähnlich und b) hab ich kein blondes Haar, was ja bekanntermaßen ihr Markenzeichen ist. Ich hätte blondes Haar, wenn ich dürfte, aber bei uns daheim geht es echt zu wie im Kindergarten. Mein Vater hat den geistigen Stand von einem Teletubby, nur nicht so weit entwickelt. Ich hab zu Mum gesagt: »Ich will mir das Haar blond färben, welche Marke würdest du mir empfehlen?« Sie hat so getan, als ob sie nichts gehört hätte und Libby weiter angezogen. Aber Dad ist ausgerastet.

»Du bist erst vierzehn, du hast dein Haar erst vierzehn Jahre und willst schon eine andere Farbe! Was ist, wenn du dreißig bist und schon alle Farben durchprobiert hast?«

Echt, er rafft es allmählich nicht mehr. Zu Mum gewandt hab ich gesagt: »Hab ich da eben eine Stimme gehört, die gequiekt und komische Geräusche gemacht hat, oder hab ich mich getäuscht? Und tschüss!!!«

Als ich dann schnell zur Tür gehechtet bin, hab ich ihn schreien hören: »Du meinst wohl, mit ein bisschen Sarkasmus und der Fähigkeit, mit Eyeliner eine gerade Linie zu ziehen, schaffst du die mittlere Reife!!!«

Mittlere Reife, echt. Er ist ein lebendes Zeugnis der Steinzeit.

Mittag *La marche avec mystère.* Wir sind die Hauptstraße auf und ab stolziert und haben nur französisch gesprochen. Ich hab die Passanten nach dem Weg gefragt: *»Où est la gare, s'il vous plaît?«*, und: *»Au secours, j'ai oublié ma tête, aidez-moi, s'il vous plaît.«*

Plötzlich ... kommt so ein echt schnuckeliger Junge daher ... Julia und Ellen haben sich nicht getraut, ihn anzusprechen, aber ich schon. Ich weiß nicht, warum, aber ich hab nicht nur so getan, als sei ich Französin, ich bin auch gehumpelt. Er hatte echt süße Augen ... Muss wohl so neunzehn gewesen sein. Jedenfalls bin ich auf ihn zugehumpelt: *»Excusez-moi. Je suis française. Je ne parle pas anglais. Parlez-vous français?«*

Zum Glück hat er mich verständnislos angesehen, es war wie im Traum. Ich machte eine Schnute. Cindy Crawford hat gesagt, wenn man die Zunge beim Lächeln hinter die Backenzähne steckt, wird das Lächeln echt sexy. Dabei kann man natürlich nicht reden, wenn man nicht wie ein Idiot klingen will.

Der Traumjunge sagte: »Hast du dich verlaufen? Ich kann kein Französisch.«

Ich sah ihn verwirrt (und mit Schnute) an. *»Au secours, monsieur«,* seufzte ich.

Er nahm mich beim Arm. »Hab keine Angst, komm mit.«

Ellen und Jule konnten nur glotzen: Er sah umwerfend aus und führte mich irgendwohin. Ich humpelte graziös neben ihm her. Nicht sehr weit, nur in eine französische Konditorei. Die Verkäuferin war Französin.

20:00 Im Bett. Die Französin hat ungefähr ein halbes Jahrhundert lang auf Französisch auf mich eingeredet. Ich hab so lange genickt, wie es menschenmöglich war, dann bin ich einfach aus dem Laden auf die Straße gerannt. Der umwerfende Junge wirkte erstaunt, dass mein Humpeln so schnell von alleine weg war.

Jetzt muss ich mir wirklich die Haare färben, wenn ich jemals wieder in der Stadt bummeln gehen will.

Mittwoch, 26. August

11:00 Ich hab keine Freunde. Nicht einen. Niemand hat angerufen oder ist vorbeigekommen. Mum und Dad sind bei der Arbeit, Libby ist im Kindergarten. Ich könnte genauso gut tot sein.

Bin ich vielleicht auch. Woher soll man das wissen? Wenn man im Schlaf stirbt und tot aufwacht, wer würde einem Bescheid sagen? Es könnte doch sein wie in dem Film, wo einer alle anderen sehen kann, sie ihn aber nicht, weil er tot ist. Jetzt hab ich mir echt Angst gemacht... Ich leg mal schnell 'ne CD auf, ganz laut, und tanz dazu.

Mittag Jetzt hab ich immer noch Angst und bin außerdem erschöpft. Wenn ich tatsächlich sterben würde, wen würde es eigentlich stören? Wer würde zu meiner Beerdigung kommen? Mum und Dad wohl schon... Sie können nicht anders, weil es ja in erster Linie ihre Schuld ist, dass ich Depressionen gekriegt und mich umgebracht hab.

Warum kann ich nicht so eine normale Familie haben wie Julia und Ellen? Sie haben normale Brüder und Schwestern. Ihre Väter haben Bärte und einen Geräteschuppen. Mum hat Dad den Schuppen verboten, seit er mal seinen Fischköder darin vergessen hat und ein Nest für Schmeißfliegen daraus geworden ist.

Als der Kühlschrank in die Luft geflogen ist und der Elektriker kommen musste, hat er Mum gefragt: »Welcher Verrückte hat denn den Kühlschrank angeschlossen? Gibt es vielleicht jemand unter Ihren Bekannten, der Sie nicht leiden kann?« Dad hatte den Kühlschrank angeschlossen. Statt Do-it-yourself redet er von Gefühlen und so. Warum kann er nicht ein normaler Vater sein? Bei erwachsenen Männern ist das doch oberpeinlich.

Wobei ich nicht so eine altmodische Frau sein will – ihr wisst schon, so zerbrechlich, und der Mann ist verschlossen und sagt nie ein Wort, nicht mal, wenn er einen Gehirntumor hat. Ich will, dass mein Freund (falls ich nicht doch eine Lesbe bin, was Gott verhindern möge) Gefühle zeigt – aber nur in Bezug auf mich. Ich will, dass er so ist wie Darcy in *Stolz und Vorurteil* (wobei, wenn ich es recht bedenke: Nachdem ich ihn in anderen Filmen gesehen hab, ohne Spitzenhemden und anliegende Hosen, ist er gar nicht so sexy). Egal, ich krieg sowieso nie einen Freund, weil ich so hässlich bin.

14:00 Hab mir die alten Familienalben angeschaut... Es wundert mich eigentlich nicht, dass ich hässlich bin. Die Kinderfotos von Dad sind schrecklich. Seine Nase ist überdimensional – nimmt fast die Hälfte von seinem Gesicht ein. Genau genommen ist er nichts anderes als eine Nase mit Beinen und Armen.

22:00 Libby ist aufgewacht und will unbedingt bei mir im Bett schlafen. Das ist ja ganz nett, auch wenn sie ein bisschen nach Hamster riecht.

Mitternacht Der Traum mit dem Liebestunnel, den ich gerade gehabt habe und in dem mich ein toller Typ durch das warme Wasser der Karibik trägt, hat sich als Libbys nasser Pyjama rausgestellt, der mir am Bein klebte.

Bett abziehen. Libby macht sich gar nichts draus und schlägt nach meiner Hand und nennt mich »böser Junge«, als ich ihr einen frischen Schlafanzug anziehe.

Donnerstag, 27. August

11:00 Hab schon angefangen, mir Gedanken zu machen, was ich am ersten Schultag nach den Ferien anziehen soll. Es sind jetzt nur noch elf Tage. Wie viel »natürliches« Make-up kann ich wohl auflegen? Abdeckstift ist okay – was ist mit Wimperntusche? Vielleicht sollte ich mir einfach die Wimpern färben lassen? Außerdem hasse ich meine Augenbrauen. Ich sage Augenbrauen, aber eigentlich ist es nur eine einzige Braue, die quer über die Stirn läuft. Vielleicht muss ich sie radikal zupfen, wenn ich Mums Pinzette finden kann. Sie versteckt solche Sachen jetzt vor mir, weil ich sie nie zurücklege, wie sie behauptet. Muss mal in ihrem Zimmer wühlen.

13:00 Hab mir einen Imbiss gemacht: Nutella und Milchkaffee. In dem Haus hier gibt's nie was zu essen. Kein Wunder, dass meine Ellbogen so spitz rausstehen.

14:00 Hab die Pinzette schließlich gefunden. Warum Mum meint, in Dads Krawattenschubladen würde ich sie nicht finden, ist mir schleierhaft. Ich hab außerdem noch was ganz Seltsames in der Schublade mit den Krawatten gefunden. Es war so 'ne Art Schürze in einem besonderen Karton. Wider alle Vernunft hoffe ich nur, dass Dad kein Transvestit ist. Obwohl wir ein Fleisch und Blut sind, würde es mich überfordern, die weibliche Seite an ihm zu »verstehen«. Und ich und Mum und Libby müssen womöglich zusehen, wie er in einem Nachthemd von Mum und ihren Puschelpantoffeln herumstakst... Wahrscheinlich müssen wir ihn auch noch Daphne nennen.

Herrgott, das Auszupfen tut weh. Muss mich mal ein bisschen hinlegen. Der Schmerz ist unerträglich, die Tränen sind mir in die Augen geschossen.

14:30 Es ist nicht auszuhalten. Ich hab vielleicht gerade fünf Haare ausgezupft und meine Augen sind auf das Doppelte ihrer normalen Größe angeschwollen.

16:00 Ich hab's. Ich nehm Dads Rasierer.

16:05 Schärfer, als ich dachte. Hat mit nur einem Strich einen Haufen Haare abrasiert. Muss die andere Braue angleichen.

16:16 Irre! Sieht nicht schlecht aus, find ich, aber mein eines Auge hat so einen erstaunten Ausdruck. Jetzt muss ich das andere wieder angleichen.

18:00 Mum hat Libby fast fallen lassen, als sie mich gesehen hat. Ihre genauen Worte waren: »Was um Himmels willen hast du mit dir angestellt, du dummes Mädchen?«

Mann, ich hasse Eltern! Dummes Mädchen? *Sie* sind dumm, das ist es. Am liebsten hätte sie, dass ich noch so klein wie Libby wäre und sie mich mit lächerlichen Mützen mit Ohrenklappen und Entchen drauf ausstaffieren könnte. Großer Gott!!!

19:00 Als Dad heimkam, hab ich gehört, wie sie über mich geredet haben.

»Murmel, murmel … sie sieht aus wie … murmel, murmel«, kam es von Mum, dann Dad: »Sie hat WAAAS???

Also … murmel … murmel … grummel …« *Stapf, stapf, stapf, polter, polter, polter* an meiner Tür.

»Georgia, was hast du jetzt wieder angestellt?«

Ich hab unter der Decke vorgebrüllt – er konnte nicht rein, weil ich die Kommode vor die Tür geschoben hatte: »Wenigstens bin ich eine richtige Frau!!!«

Er sagte durch die Tür: »Was, zum Arsch, soll das denn nun wieder bedeuten?«

Ehrlich, er kann so vulgär sein.

22:00 Vielleicht wachsen sie ja über Nacht wieder nach. Wie lange brauchen Augenbrauen, um nachzuwachsen?

Freitag, 28. August

11:00 Augenbrauen noch nicht nachgewachsen.

11:15 Jas hat angerufen und wollte einen Stadtbummel machen – es gibt eine neue Make-up-Serie, die so natürlich wirkt, dass keiner merkt, wie geschminkt man ist.

»Haben sie auch Augenbrauen?«, hab ich gefragt.

»Warum?«, wollte sie wissen. »Was meinst du – künstliche Wimpern?«

»Nein«, sagte ich, »ich meine Augenbrauen. Du weißt schon, die haarigen Teile über den Augen.« Echt, Freundinnen sind manchmal so dämlich.

»Natürlich gibt's keine Augenbrauen. Jeder hat doch Augenbrauen, wozu braucht man noch zusätzlich welche?«

»Ich hab keine mehr«, sagte ich. »Hab sie aus Versehen abrasiert.«

»Ich komm auf der Stelle rüber«, entschied sie. »Mach nichts, ehe ich da bin.«

Mittag Als ich die Tür öffne, glotzt Jas mich an, als wäre ich ein Klingone. »Du siehst genau wie ein Klingone aus«, sagt sie. Sie ist echt doof. Es ist eher, als hätte man einen Hund statt 'ner Freundin, wenn man's genau nimmt.

18:00 Jas ist wieder weg. Ihr Vorschlag war, Augenbrauen mit dem Kajalstift aufzumalen.

Anscheinend ist mir bestimmt, auf ewig im Haus bleiben zu müssen.

19:00 Dad geht mir vielleicht auf die Nerven. Er kommt an die Tür, schaut rein, lacht und geht wieder... für kurze Zeit. Er hat Onkel Eddie mit raufgebracht, damit er mich anschauen kann. Bin ich seine Tochter oder eine Jahrmarktsattraktion? Onkel Eddie sagte: »Mach dir nichts draus. Wenn sie nicht nachwachsen, kannst du immer noch ins Showbusiness einsteigen. Wir könnten eine Doppelnummer machen als Billardkugeln.« Hab ich vielleicht gelacht. Ha-ha.

20:00 Die einzig Nette ist Libby. Sie hat mich gestreichelt, wo die Augenbrauen waren und dann ist sie runtergegangen und hat mir ein Stück Käse gebracht. Na toll, wer bin ich – Ratwoman?

Wer wohl unsere Klassenlehrerin wird?

Ich hoffe bei Gott, dass es nicht Adlerauge Heaton ist. Hab keine Lust, dauernd an den unglücklichen Vorfall mit den Heuschrecken erinnert zu werden. Wer konnte denn auch ahnen, dass ein paar Heuschrecken in so kurzer Zeit so viel fressen? Als ich sie im Bioraum ein bisschen rumfliegen lassen wollte, hab ich echt nicht erwartet, dass sie die Vorhänge auffressen.

Adlerauge hat wohl einen sehr begrenzten Sinn für Humor. Sie ist ungefähr hundert und unverheiratet – was in meinen Augen Bände spricht. Andererseits, als Ratwoman werde ich wohl auch als Biolehrerin in einer popeligen Mädchenschule enden. Wie sie. Mit Katzen und warmer Milch. Und riesigen Unterhosen. Radio hören. Sich für Sachen interessieren.

Da kann ich mich auch gleich umbringen. Würde ich auch, wenn ich mich aufraffen könnte, aber ich bin zu deprimiert.

Samstag, 29. August

10.00 M und D sind in die Stadt gegangen, um einzukaufen. Mum hat gefragt, ob sie mir Schuhe für die Schule mitbringen soll. Ich hab einen viel sagenden Blick auf ihre Schuhe geworfen. Es ist erbärmlich, wie jemand in ihrem reifen Alter mit uns Jungen mitzuhalten versucht. Man sollte meinen, dass sie sich schämt, wie ein vergreister Teenager rumzulaufen, aber nein. Ich konnte ihren Schlüpfer sehen, als sie sich neulich hingesetzt hat (und da war ich nicht die Einzige).

11:00 Das Telefon. Ellen und Julia und Jas kommen nach ihrem Stadtbummel her. Angeblich hat Jas in einem Laden jemand gesehen, den sie echt gut findet. So wird es für mich wohl für immer aussehen – nie einen Freund abkriegen, das Leben nur durch andere mitbekommen.

Mittag Hab die *Young Miss* durchgeblättert. Es ist ein Beitrag über Küsstechniken drin. Was ich nicht verstehe: Woher weiß man, wann man es tut? Und welche Seite man sich aussucht? Man will doch nicht stundenlang hin und her köpfeln wie Tauben; die Fotos waren nicht besonders aufschlussreich. Wenn ich den Artikel bloß nicht gelesen hätte, jetzt bin ich noch verunsicherter als vorher. Aber was soll's? Ich muss den Rest des Lebens sowieso im Haus bleiben. Bin auf ewig gefangen in meinen vier Wänden, es sei denn, irgendein umwerfender Typ verirrt sich in unsere Straße und findet trotz verbundener Augen die Treppe und den Weg in mein Zimmer.

12:15 Wenn ich schon nicht rauskomme, kann ich meine Zeit vielleicht mit was Nützlichem verbringen. Könnte mein Zimmer aufräumen und alle Kleider im Schrank ordentlich auf eine Seite hängen und so.

12:17 Ich hasse Hausarbeit.

12:18 Wenn ich heirate oder, was wahrscheinlicher ist, eine erfolgreiche Toplesbe werde, dann weigere ich mich, Hausarbeit zu machen. Ich nehm mir eine Putzhilfe. Hab kein Talent zum Aufräumen. Mum glaubt ja, dass ich die offensichtlichen Dinge mit Absicht übersehe. Aber in Wahrheit kann ich zwischen aufgeräumt und unaufgeräumt nicht unterscheiden. Wenn Mum sagt: »Räum doch bitte mal die Küche auf«, dann schau ich mich um und denke, da stehen ein paar Töpfe rum und so, aber ich finde, dass alles ganz okay aussieht. Und schon haben wir Streit.

14:00 Ich mach Kaffee für die Mädels. Pulverkaffee, aber wenn man das Pulver in der Tasse eine Ewigkeit lang mit Zucker vermischt, wird so 'ne Art Paste daraus. Dann gießt man das Wasser dazu und es wird wie Espresso. Wenn einem auch fast die Arme abfallen vom Rühren.

19:00 Supernachmittag! Wir haben uns auf alle möglichen Arten geschminkt. Ich hab meine Ponyfransen mit Tesa runtergeklebt, damit sie länger und gerader werden und die kahle Stelle bedecken, wo meine Augenbrauen waren. Jas sagte: »Jetzt siehst du aus, als ob du aus 'ner Klapsmühle entlaufen wärst.« Ellen meint, wenn ich Mund und Augen betone, lenkt das den Blick von meiner Nase ab. Also, von jetzt an schwer Lippenstift auflegen. Wir fläzten uns alle auf dem Bett herum und hörten die Hitparade und Jas erzählte von dem Supertyp in dem Laden. Sie weiß, dass er Tom heißt, weil ihn jemand in dem Laden, in dem er arbeitet, Tom nannte. Ich sage nur: Sherlock Holmes! Wir haben alle gelobt, dass wir warten, bis ich wieder ausgehen kann, und dann schauen wir ihn uns an.

Dann kam das Gespräch aufs Küssen. Ellen sagte. »Ich war letztes Jahr zu einer Weihnachtsfeier bei meiner Kusine. Da war so ein Junge aus Liverpool. Ich glaube, er war Matrose. Also, er war neunzehn oder so. Er hat einen Mistelzweig mitgebracht und mich darunter geküsst.«

Wir waren alle gespannt. »Und, wie war es?«, fragte ich.

»Ein bisschen feucht«, sagte Ellen. »Hat sich irgendwie nach warmem Gelee angefühlt.«

Jas wollte wissen, ob er die Lippen geöffnet oder geschlossen hatte.

Ellen überlegte. »Ein bisschen geöffnet.«

Ich fragte: »Hat er die Zunge vorgeschoben?«

»Nein, nur die Lippen«, sagte Ellen.

Ich wollte wissen, was sie mit ihrer Zunge gemacht hat.

»Na, da gelassen, wo sie normalerweise ist.«

Ich ließ nicht nach. »Und deine Zähne?«

Ellen wurde ein bisschen ungeduldig. »Ach so, ja. Die hab ich vorher rausgenommen.«

Ich war etwas sauer. Schließlich hatte ich ja nur gefragt…

Sie sagte: »Ich weiß nicht mehr so genau. Es hat ein bisschen gekitzelt und sowieso nicht lang gedauert, aber es hat mir Spaß gemacht, glaub ich. Er war ganz nett, aber er hat 'ne Freundin gehabt und wahrscheinlich dachte er, ich wäre nur eine kleine Dreizehnjährige, die noch nicht viel erlebt hat.«

»Womit er ja auch Recht hatte«, sagte ich.

22:00 Meine Schwester Libby küsst mich dauernd auf den Mund, aber Schwestern zählen ja wohl nicht. Es sei denn, ich werd Lesbe, für *den* Fall ist es wohl 'ne gute Übung.

23:00 Durch die Vorhänge kann ich den Mond sehen, groß und gelb. Ich muss an alle Menschen in der Welt denken, die denselben Mond anschauen.

Und frage mich, wie viele von ihnen wohl keine Augenbrauen haben.

Sonntag, 30. August

11.00 Gott sei Dank, alle gehen aus. Endlich. Was soll der ganze Unsinn von wegen glückliche Familie? Das Gerede, dass »die ganze Familie gemeinsam was unternehmen« soll.

Wie ich Dad klarzumachen versucht habe: »Wir sind vier Leute, die durch eine unglückliche Fügung des Schicksals zufällig im selben Haus festsitzen. Warum die Situation noch schlimmer machen, indem wir zusammen in Parks rumhängen oder spazieren gehen?«

Ratwoman geht auf jeden Fall nicht aus. Sie hängt die nächsten vierzig Jahre in ihrem Zimmer rum, damit sie nicht von Wildfremden ausgelacht wird.

Ich krieg nie einen Freund. Es ist einfach ungerecht. Es gibt wirklich doofe Leute, die auch einen Freund haben. Zoë Ball hat echt nette Freunde und dabei hat sie abstehende Ohren.

13:00 Hab Dad immer noch nicht auf die Schürze angesprochen.

13:15 Mann, ich langweile mich vielleicht. Kann Mr. und Mrs. Nebenan in ihrem Gewächshaus sehen. Was macht man in so einem Ding? Wenn ich mal mit so einem wie Mr. Nebenan enden sollte, dann bring ich mich auf jeden Fall um. Er hat den fettesten Hintern, den ich je gesehen hab. Es wundert mich, dass er in sein Gewächshaus reinkommt. Eines Tages wird sein Hintern so fett, dass er im Gewächshaus stecken bleibt und von Fleischhappen leben muss, die man ihm reinreicht und so weiter. *O quel dom-*

mage! Sacré bleu! Le gros monsieur dans la maison de Glas!!!

13:20 Vielleicht geb ich eine Nachbarschaftszeitung raus.

13:22 Oje, hab soeben Angus entdeckt, wie er sich im hohen Gras versteckt und dem Pudel der Nachbarn auflauert. Ich muss wohl eingreifen, um ein Massaker zu verhindern. Ah, schon in Ordnung. Mrs. Nebenan hat einen Stein nach ihm geworfen.

23:00 Ein stinklangweiliger Tag. Ich hasse Sonntage. Sie sind eigens für Leute erfunden, die kein Leben und keine Freunde haben. Was positiv zu vermerken ist: Hab einen leichten Stoppelwuchs auf der Stirn.

September

Operation »Salami«

Dienstag, 1. September

10:00 Sechs Tage bis zum Schulanfang und ich zähle jeden einzelnen. Wenn Mum nur emanzipiert, feministisch, berufstätig usw. sein könnte und trotzdem meine Sachen bügeln würde.

Habe vor, meinen schmalen, geschlitzten Rock, die halterlosen Strümpfe und Stiefelchen anzuziehen. Make-up-mäßig bin ich immer noch unentschlossen. Falls ich nämlich mit Adlerauge zusammencrashe und sie merkt was, dann zwingt sie mich, es abzuwischen. Und dann krieg ich dieses rot glänzende Gesicht, das bei Sportlern so beliebt ist. Andrerseits kann ich mich unmöglich ohne Make-up auf den Schulweg wagen. Egal, welche Seitenstraßen ich mir aussuche, früher oder später treff ich doch auf die Jungs von der Foxwood. Die größte Sorge bereitet mir die Schulmütze. Muss mich mit der Clique besprechen und eine Strategie entwickeln.

17:00 Wir treffen uns morgen wieder bei mir zu einer Krisensitzung in Sachen Baskenmütze und anderer Foltermethoden. Hab wieder Augenbrauen, seh aber immer noch ein bisschen wie ein erstaunter Ohrwurm aus.

19:00 Nach dem Abendessen, als Dad gerade den Abwasch machte, hab ich so nebenbei gefragt: »Warum trägst du eigentlich nicht deine spezielle Schürze, Dad?«

Er ist ausgerastet. Ich solle gefälligst nicht in seinen Schubladen rumstöbern. Ich meinte: »Ich hab doch wohl ein Recht zu wissen, ob mein Vater ein Transvestit ist.«

Mum musste lachen, das hat ihn nur noch fuchsiger gemacht. »Du ermutigst sie auch noch, Connie. Du zeigst keinen Respekt, wie soll sie es also lernen?«

»Reg dich ab, Bob«, sagte Mum, »natürlich respektiere ich dich, es ist nur so komisch, mir dich als Transvestit vorzustellen.« Dann brach sie wieder in Gelächter aus. Dad ist schließlich Gott sei Dank ins Pub abgedampft.

Mum erklärte es mir. »Es ist sein Freimaurerschurz. Du weißt schon, diese Vitamin-B-Organisation von Männerbündlern, eine Hand wäscht die andere, hilfst du mir, dann helf ich dir, in der Art.«

Ich hab lächelnd genickt, obwohl ich nicht die leiseste Ahnung hab, wovon sie redete.

23:30 Warum kann mich nicht jemand adoptieren? Ob es wohl schon zu spät dafür ist? Bin ich zu alt, um den Kinderschutzbund anzurufen? Oh Gott, dann lande ich womöglich bei der Familienministerin.

Mittwoch, 2. September

Fünf Tage bis zum Fegefeuer

10:00 Oh nein! Fegefeuer schon da. Als ganz besondere »Überraschung« kommt mein Vetter James zu Besuch und bleibt über Nacht. Also, früher hab ich ihn ja gemocht und als Kinder haben wir uns echt gut verstanden, aber jetzt ist er echt dämlich. Seine Stimme ist ganz komisch und er müffelt so merkwürdig. Nicht nach Hamster wie Libby, eher nach Hund oder Käse. Ich glaube, nicht alle Jungs riechen so, vielleicht ist es nur, weil er mein Vetter ist.

14:00 James ist doch nicht so übel: Er kommt mir viel jünger als ich vor und hat immer noch Spaß daran, zu alten Platten verrückt rumzutanzen, wie früher. Wir haben uns ein paar Tanzschritte zu alten Soulplatten von Mum ausgedacht. »Reach out, I'll be there« von den Four Tops ist richtig dramatisch geworden: zweimal auf Zehenspitzen, eine Hand auf dem Herzen, eine auf dem Kopf, ein Schlenker und eine volle Drehung. Leider ist es in meinem Zimmer ein bisschen eng und James ist auf Angus getreten, der wie üblich zu toben anfing.

Ungewöhnlicher wäre es allerdings zu sagen: »Angus ist ganz ruhig geworden.« Jedenfalls ist er die Vorhänge hochgerast und hat sich schließlich oben auf die Tür gesetzt und gefaucht (Angus, nicht James!). Erst haben wir versucht ihn runterzukriegen und dann aufs Klo zu gehen, aber er hat uns nicht gelassen. Wenn wir durch die Tür wollten, hat er mit seiner riesigen Tatze ausgeholt. Er ist wohl eine Mischung aus Katze und Kobra. Schließlich hat Mum ihn mit Sardinen runtergelockt.

19:00 Nach dem Abendessen haben James und ich Platten gehört und uns erzählt, was wir machen wollen, wenn wir die Alten (so nennen wir unsere Eltern) endlich los sind. Ich will Comedystar werden oder so jemand wie diese »in«-Frauen, die eigentlich nichts machen, außer »in« zu sein. Sie werden den ganzen Tag von der Presse beobachtet und die Schlagzeilen verkünden: *Busenstar Soundso Soundso beim Einkauf im Supermarkt!!* oder: *Publikumsliebling Pipi Popo fährt im Pelzbikini Ski.* Und damit verdienen sie auch noch Geld. So was werd ich mal.

James will was mit Elektronik machen (was das auch sein soll – ich hab ihn nicht ermutigt, Genaueres zu erzählen, weil ich schon spüren konnte, wie ich gähnen musste). Aber erst mal will er reisen. »Ach ja? Wohin denn?«, hab ich gefragt und mir vorgestellt: Himalaja, Yakbutter, Opiumhöhlen ... Aber er sagte: »Vor allem auf die Scillyinseln bei Cornwall.«

23:00 Eins war ein bisschen komisch. Wir sind schlafen gegangen – James in einem Schlafsack auf 'ner Matratze am Boden – und wir haben über Pulp und so weiter gequatscht. Plötzlich hab ich so einen Druck auf meinem Bein gespürt. Ich wusste nicht, was ich machen sollte, deshalb hab ich stocksteif dagelegen, damit er glaubte, er hätte seine Hand auf ein Stück vom Bett gelegt oder so. Hab ewig so dagelegen, aber schließlich bin ich wohl doch eingeschlafen.

Donnerstag, 3. September

9:00 Endlich sehen die Augenbrauen langsam wieder normal aus.

14:00 James ist abgereist. Der »Bein«-Vorfall ist unerwähnt geblieben. Jungs sind doch echt verrückt.

17:00 Libby hat Grippe. Sie war so blass und elend. Hab sie in meinem Bett schlafen lassen und sie hat furchtbar geschnieft, das arme Ding. Das arme kleine Ding. Ich hab meine kleine Schwester echt lieb.

20:30 Hab Libbs ein bisschen heiße Milch gebracht und wollte ihr ein Märchen vorlesen. Sie sagte: »Ja, jetzt gleich, mehr, mehr«, und setzte sich in meinem Bett auf. Als ich das Buch aufschlage, nimmt sie meine Daunendecke und schnäuzt sich rein. Die ist jetzt total grün verrotzt. Ist es zu fassen, dass so ein kleines Mädchen einen Eimer voll Rotz in sich hat?

22:00 Musste im Schlafsack übernachten. Was für ein Leben!

Freitag, 4. September

11:00 Die Krisensitzung in Sachen Baskenmütze und anderer Foltermethoden findet heute Nachmittag statt. Habe beschlossen, dass meine Augenbrauen wieder so weit in Schuss sind, um sich rauszuwagen (natürlich nicht ohne mich, hihi). Komm mir vor wie eine Person, die in Einzelhaft in einem Keller gesteckt hat und blinzelnd ins Licht der Sonne tritt.

Wir gehen auf einen Cappuccino zu Costa Ricos. Ich mag Cappuccino gar nicht, aber alle trinken das Zeug, da kann man nicht Nein sagen. Bin wochenlang nicht aus gewesen – na ja, immerhin fünf Tage. Die Stadt sieht toll aus. Wie New York … nur ohne Wolkenkratzer und Amerikaner. Wir beschließen, unsere Krisensitzung abzuhalten und dann heimlich einen Blick auf den Jungen zu werfen, der Jas so gefällt. Tom. Er arbeitet bei Jennings.

»Der Lebensmittelladen?«, hab ich gefragt.

»Obst, Gemüse und Delikatessen«, stellte Jas klar und ich meinte: »Na gut, er verkauft auch Balsamico.« Worauf sie sagte: »Und Jogurt.« Und ich: »*Quel dommage,* ich hab das Jogurt vergessen. Genau, es ist, als ob man ein Pariser Feinkostgeschäft betritt, abgesehen von den Rüben.«

Jas ist ein bisschen rot angelaufen, also hab ich dann lieber den Mund gehalten. Jas wird nicht gerade oft wütend, aber sie kann ganz schön zutreten.

Jule wechselte das Thema. »Sollen wir den Mützenplan in Angriff nehmen?« In unserer blöden Schule müssen wir zu der Straßenuniform Baskenmützen tragen. Das nervt echt. Wie man weiß, sieht jeder – vor allem die Franzosen, die sie ja erfunden haben – absolut dämlich damit aus. Außerdem drücken sie einem das Haar platt. Letztes Schuljahr haben wir die perfekte Methode entwickelt und die Mützen wie einen Pfannkuchen getragen. Man streicht sie glatt und befestigt sie hinten am Kopf mit Haarklammern. Nervt zwar auch noch, aber man kann sie von vorne nicht sehen. Ellen sagte, sie hätte jetzt eine neue Methode entwickelt, Marke Salami. Dann hat sie uns gezeigt, wie man es macht. Sie hat ihre Mütze richtig fest aufgerollt zu einer kleinen harten Wurst und sie dann mit Klammern in der Mitte vom Hinterkopf befestigt. Man hat sie kaum bemerkt. Superidee. Wir haben beschlossen, die Operation Salami zum Schulanfang zu starten.

Um die blöden Mützen gibt es einen ständigen Kampf. Die so genannten Erwachsenen lassen einfach nicht mit sich reden. Wir haben schon mal eine Abordnung zu unserer Direktorin Slim geschickt (ihr Spitzname, weil sie hundertfünfzig Kilo wiegt... mindestens; ihre Füße quellen aus den Schuhen hervor). Die Abordnung hat sich erkundigt, warum wir die Mützen tragen müssen. Slim sagte, um das Niveau zu halten und den Ruf der Schule in der Stadt zu verbessern. Ich warf ein: »Aber die Schüler von der Foxwood rufen uns ›Froschschenkelfresser und Zwiebelverkäufer‹ nach. Ich glaube nicht, dass sie uns respektieren, sie machen sich über uns lustig und die Schule zum Gespött.«

Slim schüttelte sich. Das macht sie jedes Mal, wenn sie sich über uns ärgert (sprich: immer). Sie sieht dann aus wie ein Wackelpudding auf Beinen.

»Georgia, das ist mein letztes Wort in dieser Sache. Die Mützen werden auf dem Schulweg getragen. Warum beschäftigst du dich nicht mit etwas wichtigeren Dingen? Zum Beispiel, wie du nächstes Schuljahr auf weniger als zwanzig Einträge kommst?«

Ja, ja, spiel nur wieder die alte Platte. Ich bin eben lebhaft.

Wir haben letztes Jahr dann noch eine Protestaktion gestartet, nach dem Motto: »Wenn ihr wollt, dass wir unsere Mützen tragen, dann tragen wir sie auch richtig.«

Alle Parallelklassen unseres Jahrgangs haben die Mützen so weit über den Kopf gezogen, dass nur noch die Ohren rausguckten. Das war vielleicht ein Anblick, einhundert Mädchen an der Bushaltestelle, bei denen nur noch die Ohren zu sehen waren. Wir haben dann aber wieder damit aufgehört (obwohl sich Slim und Adlerauge tierisch geärgert haben), weil wir unter der Mütze furchtbar schwitzten und man nichts sehen konnte und weil es außerdem die Frisur verwüstet hat.

Nach der Besprechung wurde es Zeit, auf Jungenpirsch zu gehen. Jas war ein bisschen nervös, dass wir alle in den Laden mitkommen wollten. Sie hat ja noch nie mit Tom gesprochen – außer dass sie gesagt hat: »Zwei Pfund Bohnen, bitte.«

Wir hatten beschlossen, unauffällig draußen rumzuhängen. Wenn sie dann an der Reihe war, wollten wir so tun, als hätten wir sie gerade zufällig entdeckt, in den Laden kommen und »Hi« sagen. Das würde doch ganz natürlich wirken und uns die Gelegenheit geben, einen Blick auf ihn zu werfen, und außerdem den (falschen) Eindruck erwecken, dass Jas unheimlich beliebt ist.

Jas ist noch mal auf ein öffentliches Klo gewetzt und hat sich mit dem Abdeckstift einen natürlichen Look verliehen und so. Dann ist sie zu Jennings rein. Ich hab ihr fünf Minuten Zeit gelassen und bin dann als Erste durch die Ladentür geschlendert. Jas sprach mit einem großen, dunkelhaarigen Jungen in schwarzen Jeans. Er lächelte, als er ihr eine Tüte Zwiebeln reichte. Jas war ein bisschen rot und zwirbelte an ihren Fransen rum. Eine entnervende Angewohnheit. Also, ich bleib unvermittelt stehen und sag mit erfreutem und überraschtem Ton (der mich sogar selbst überzeugt hat): »Jas …! Hi! Was machst du denn hier?« Und dann hab ich sie richtig herzlich umarmt (wobei ich ihr ins Ohr flüstern konnte: »Fummel doch nicht dauernd an deinen Fransen rum!«).

Als ich sie loslasse, sagt sie: »Hi, Georgie, ich kauf nur ein paar Zwiebeln«, und ich lache und sage: »Tja, du kennst dich eben aus – mit Zwiebeln, was, Jas?«

Da kommen Ellen und Jule auch schon mit ausgestreckten Armen rein und quietschen vor Begeisterung: »Jas! Jas! Super! Mann, wir haben dich eine Ewigkeit nicht gesehen. Wie geht's denn?«

Der Junge namens Tom stand da und wartete. Jas sagte zu ihm: »Oje, tut mir Leid, dass ich dich hab warten lassen«, und er sagte nur: »Null Problemo.« Jas fragte ihn, wie viel sie ihm schuldete, und sagte noch: »Tschüss dann, danke«, und er: »Bis bald.« Und schon waren wir draußen. Als wir ein paar Meter weiter waren, sagten wir kein Wort, sondern fingen alle gleichzeitig so schnell wie möglich zu rennen an und prusteten los.

19:00 Gerade mit Jas telefoniert. Sie findet Tom inzwischen noch umwerfender, aber sie weiß nicht, ob er sie nett findet, deshalb müssen wir alles noch mal durchgehen.

Ich konnte hören, wie ihr Vater im Hintergrund sagte: »Ihr seht euch doch morgen sowieso. Könnt ihr nicht warten, statt Gebühren zu verschleudern?«

Eltern sind alle gleich – alles Geizkrägen. Also, Jas sagte: »Er hat ›bis bald‹ gesagt.«

Ich stimmte ihr zu, fügte aber nachdenklich hinzu: »Aber vielleicht sagt er das zu jedem, so in der Art wie ›bis die Tage‹.«

Das beunruhigte sie. »Du glaubst also nicht, dass er mich nett findet?«

»Das hab ich nicht gesagt. Vielleicht sagt er ja auch nie ›bis bald‹, wenn er nicht ›bis bald‹ meint.«

Das heiterte sie wieder auf. »Dann glaubst du also, dass er wirklich ›bis bald‹ gemeint hat?«

»Ja«, sagte ich.

Sie schwieg eine Weile; ich konnte hören, wie sie auf ihrem Kaugummi rumkaute. Dann fing sie wieder an. »Aber wann ist ›bald‹?«

Echt, das konnte die ganze Nacht so weitergehen. Ich sagte: »Jas, ICH WEISS NICHT. Entscheide du doch, wann ›bald‹ ist.«

Sie hörte auf zu kauen. »Du meinst, ich soll ihn fragen, ob er mit mir ausgeht?«

Ich konnte mein Buch sehen und es schien mir zuzurufen: »Komm und lies mich, komm und lies mich, das willst du doch.« Daher sagte ich bestimmt, aber orakelhaft: »Das liegt bei dir, Jas, aber ich weiß, was Sharon Stone machen würde. Nacht.«

Samstag, 5. September

10:00 Absolut nichts Neues.

10:15 Jas hat angerufen. Sie will eine Operation »Jagd auf Tom« einleiten. Wir wollen uns bei Costas treffen, um Genaueres zu planen.

10:30 Tralalalala. Das Leben ist toll. Tralalala. Ich hab es sogar geschafft, Wimperntusche aufzutragen, ohne mir mit der Bürste in die Augen zu fahren. Hab außerdem meinen neuen Konturenstift benützt und finde, das Ergebnis lässt meine Nase tatsächlich kleiner aussehen. In einem schwachen Moment hab ich Mum meinen Nasenkomplex gestanden. »Wir haben ›Töner‹ benutzt«, sagte sie. »Du weißt schon, wie Aufheller und dunklere Töne, um Schatten zu machen – du könntest deinen Nasenrücken mit hellem Make-up betonen und die Seiten mit dunklerem Puder abtönen, dann wirkt sie schmaler.« Falsche Antwort, Mum, die richtige Antwort heißt: »Du siehst wunderbar aus, Georgia, und deine Nase ist doch vollkommen in Ordnung.«

Hab ich ihr aber nicht gesagt, den Gefallen wollte ich ihr nicht tun. Stattdessen sagte ich mit einem Mund voll Toast (damit ich mich rausreden könnte, wenn es sein müsste): »Mum, ich will doch nicht wie du und deine Freundinnen aussehen, ich kenn doch die Fotos. Wer will heute schon ein Abba-Abklatsch sein!«

11:30 Mrs. Nebenan hat sich mal wieder über Angus beschwert. Er hat ihrem Pudel Angst gemacht. Sie behauptet, dass Angus ihm auflauert. Ich hab ihr erklärt: »Er ist eben eine schottische Wildkatze, die machen so was. Sie lauern ihrer Beute auf.«

»Dann sollte man ihn aber nicht als Schoßtier halten«, sagte sie.

»Ein Schoßtier ist er auch nicht, das können Sie mir glauben«, erwiderte ich. »Ich hab ihn ja zu erziehen versucht, aber er hat seine Leine aufgefressen. Man kann Angus nur bis zu einem gewissen Grad zähmen.«

Echt, es ist doch nicht meine Sache, mich um hysterische Nachbarn zu kümmern. Warum besorgt sie sich keinen größeren Hund? Der blöde kleine Kläffer ärgert Angus eben.

13:00 Ich sollte vielleicht doch lieber nett sein, sonst nennt man mich nur wieder »launischer Teenager« und als Nächstes geht es *klopf, klopf, klopf* an meiner Tür und Mum fragt: »Möchtest du mir nicht was erzählen?« Erwachsene mischen sich doch in alles ein.

13:30 Bin nach nebenan gegangen und hab Mrs. Nörgelhose gefragt, ob sie was vom Kaufmann braucht, weil ich gerade hingehe. Sie kam kaum hinter der Tür vor. Muss netter werden. Ich will immer nett sein, aber dann ist es, als ob eine andere Person aus mir spricht. Bin ich vielleicht nicht nur lesbisch, sondern auch noch schizophren?

14:00 Jas hat angerufen. Sie will, dass ich ihr bei Teil zwei von Operation »Jagd auf Tom« helfe. Der Plan ist ausgeklügelt. Jas und ich gehen am Geschäft vorbei. Wenn wir am Eingang sind, bleib ich stehen und sage: »Ach, Jas, mir fällt gerade ein, dass ich gesagt hab, ich würde Äpfel mitbringen. Warte mal eben.«

Dann geh ich in den Laden und kauf die Äpfel. Jas steht hinter mir und macht einen lässig-attraktiven Eindruck. Während Tom mir die Grannys reicht (Granny-Smith-Äpfel), lächle ich und dann – das ist das Meisterstück (oder eher, da es meine Idee war, das Meisterinnenstück) – sage ich: »Schulanfang in zwei Tagen. Zurück in den Gulag. Auf welches ätzende Folterinstitut gehst du eigentlich?« (Womit ich meine, auf welche Schule, klar?) Dann antwortet er und wir wissen, wo wir ihm mal rein zufällig begegnen können.

16:00 Also, wir waren bei Jennings und Tom stand im Laden – Jas war einer Ohnmacht nahe. Er sieht nett aus, das muss ich zugeben, lockiges Haar und breite Schultern. Ich sagte meinen Text: »Warte mal, Jas, ich hab versprochen, Äpfel mitzubringen«, und wir gingen rein, damit sie unwiderstehlich hinter mir herschleichen konnte, wie geplant.

Als Tom sie sah, schaute er auf und lächelte. Ich fragte nach den Grannys und er sagte: »Geht klar. Freut ihr euch schon auf den Schulanfang?«

(Moment mal, das war doch mein Text. Aber immerhin bin ich seit vier Jahren im Theaterkurs, deshalb machte ich aus dem Stegreif weiter.) »Hasst der Papst Katholiken?«, gab ich zurück.

Er grinste, aber ich hatte eigentlich gar nicht vom Papst reden wollen, es war mir so rausgerutscht. »Auf welche Schule geht ihr denn?«, fuhr Tom fort. Ich wollte es ihm gerade sagen (obwohl er unserem Plan nach eigentlich gar nicht dran war) – als ein Sexgott aus dem hinter dem Laden liegenden Büro hereintrat.

Echt, er war so umwerfend, dass man nur mit den Augenlidern klappern und den Mund wie ein Goldfisch aufreißen konnte. Er war sehr groß und hatte lange, schwarze Haare und ganz leuchtende, dunkelblaue Augen und einen großen Mund und er war ganz in Schwarz gekleidet. (An mehr kann ich mich nicht erinnern, Herr Inspektor.) Er trat auf Tom zu und reichte ihm einen Becher Tee. Tom bedankte sich und der Sexgott sprach: »Kann meinen kleinen Bruder doch nicht ackern und zwei hübschen Mädchen Äpfel verkaufen lassen, ohne ihm mal Tee zu bringen.« Dann ZWINKERTE er Tom zu und LÄCHELTE mich an und war wieder verschwunden.

Ich stand einfach nur da und glotzte auf die Stelle, wo der SG gestanden hatte. Und umklammerte die Apfeltüte.

Tom sagte: »Vierzig Pence. Ihr habt noch nicht gesagt, auf welche Schule ihr geht, oder?«

Ich kam wieder zu mir und hoffte nur, dass ich nicht gesabbert hatte. »Äh… ich…« Der Name war weg.

Jas sah mich an, als wäre ich übergeschnappt, und sagte: »Immer noch auf dieselbe Schule – schon seit vier Jahren, Latimer & Ridgley. Auf welche gehst du?«

19:00 Bin noch im Schockzustand. Ich habe heute Mr. Umwerfend kennen gelernt. Und er ist der Bruder von Tom. Und einfach umwerfend. Er hat mich mit offenem Mund dastehen sehen. Immerhin zum Glück nicht ohne Augenbrauen. Oh Gott! Schnell, Schwester, den Mundschutz!!

19:05 Hab vor dem Spiegel versucht den Mund so aufzureißen, wie ich meiner Vorstellung nach im Laden ausgesehen hab. Lässt mich nicht gerade besonders intelligent wirken, aber wenigstens kommt meine Nase nicht größer raus, was ein Pluspunkt ist (ein halber).

1:00 Wie alt er wohl ist? Ich muss unbedingt reifer werden, und zwar schnell. Morgen fang ich an.

Sonntag, 6. September

8:00 Als ich in die Küche kam, stellte Dad mit übertrieben-witziger Geste (ha!) die Tasse hin, als sei er überrascht, dass ich so früh auf bin. »Was ist passiert, Georgie, steht dein Bett in Flammen? Hast du Fieber? Es ist noch nicht mal Mittag, warum bist du schon auf?«

Ich sagte: »Ich will mir eine Tasse heißes Wasser holen,

wenn's recht ist.« (Reinigt den Körper. Muss unbedingt verhindern, dass ich einen Anfall von Pickelitis kriege.)

Mum sagte: »Also, ich geh jetzt. Libby, gib deiner Schwester noch einen Kuss.« Libby bedachte mich mit einem dicken, schmatzenden Kuss, was ganz niedlich war, auch wenn er nach Haferbrei schmeckte. Egal, ich muss mich ja darin üben.

10:00 Hab den Yogaplan für inneren Frieden und Selbstvertrauen aus der *Cosmopolitan* durchgemacht. Ich gelobe, eine Stunde vor der Schule aufzustehen, um täglich die zwölf Positionen des »Sonnengrußes« zu üben. Fühl mich super und mindestens einen Meter größer. Der Sexgott wird meinem neuen, positiven, strahlenden, fraulichen Image nicht widerstehen können.

14:00 Gesichtspackung gemacht und Milchbad genommen. Muss irgendwie die Milchflecken aus dem Badetuch kriegen, es riecht schon ein bisschen säuerlich.

Jas hat angerufen. Sie findet, wir sollten Tom nach der Schule wegelagern. Tom – wer, bitte schön, ist Tom?

16:00 Stelle gerade fest, dass Libby meine letzten Binden als Hängematten für ihre Püppchen genommen hat.

16:30 Außerdem hat sie mein ganzes Creme-Make-up auf ihren Panda geschmiert; sein Kopf ist jetzt total beige.

17:00 Hab weder Make-up noch Geld übrig. Ich bring sie vielleicht um.

17:15 Nein. Friede. Innerer Friede.

20:00 Aahhh. Früh ins Bett und früh hinaus.

21:30 Bin aus dem Schlaf hochgefahren. Hab schon gedacht, es sei Zeit zum Aufstehen.

Mitternacht Soll ich morgen nun den engen Schlitzrock anziehen oder nicht?

Montag, 7. September

8:30 Verschlafen! Musste mich beeilen, damit Dad mich bis zu Jas mitnehmen konnte. Keine Zeit für Yoga oder Make-up. Na gut, morgen. Weiß der Himmel, wie der Dalai Lama es täglich schafft. Muss mitten in der Nacht aufstehen. Wobei ich tatsächlich irgendwo gelesen hab, dass er das tut.

8:45 Jas und ich rennen wie die Bekloppten die Steigung zum Schultor hoch. Ich dachte, mir platzt gleich der Kopf, so rot war ich, und dann fiel mir auch noch ein, dass ich die Mütze nicht aufhatte. Ich konnte Adlerauge schon am Tor stehen sehen, es blieb also keine Zeit für die Salamimethode. Hab sie einfach übergezogen. Scheiße, Scheiße, ächz, ächz. Als wir auf das Tor zustürmen, stoße ich doch glatt zusammen mit… dem Sexgott. Er sah GÖTTLICH aus in seiner Schuluniform. War mit seinen Kumpeln zusammen, lachte und schlenderte einfach ganz cool dahin. Sah mich an und meinte: »Du kannst's ja kaum erwarten.« Ich wär am liebsten gestorben.

9:00 Meine einzige Hoffnung ist, dass er mich a) – nicht wieder erkannt hat und b) – falls er mich erkannt hat, dass er den »Errötendes-Dummchen-Look« bei Mädchen mag.

9:35 Nach der Morgenversammlung bin ich auf die Toilette und hab in den Spiegel geschaut. Meine schlimmsten Befürchtungen bestätigten sich – bin Miss Hässlich. Kleine, zugeschwollene Augen, Haar, das am Kopf klebt, RIESIGE rote Nase. Seh wie eine Tomate in Schuluniform aus. Das war's dann wohl.

16:00 Die Glocke. Dem Himmel sei Dank. Kann endlich heim und mich umbringen.

19:00 Im Bett. Onkel Eddie sagt, dass es eine unsichtbare Macht gibt, deren Wirken uns verborgen bleibt... Wenn das stimmt, warum hat sie sich ausgerechnet mich ausgesucht?

Dienstag, 8. September

8:00 Wieder keine Zeit für Yoga. Ist ja jetzt auch egal. Immerhin ist es mir gelungen, das mit der Salamimütze zu machen und Lipgloss und Abdeckstift zu benutzen. Aber was soll's, das Kind ist eh schon in den Brunnen gefallen.

8:20 Schön früh dran mit Jas. Diesmal waren wir beide bereit. Lachend und quasselnd stiegen wir den Abhang hinauf. Wir winkten unseren Freunden zu (oder besser, wir winkten jedem zu, einfach um den Eindruck zu erwecken, dass wir echt beliebt sind). Das letzte Stück vor dem Schultor legten wir ganz langsam zurück, und obwohl sich die Jungs von der Foxwood wie üblich glotzend drängelten, war weder von Tom noch vom SG was zu sehen.

9:30 Irgendwie hatte ich vergessen, wie unsäglich bescheuert Schule ist. Bei der Morgenversammlung wurde ein bisschen geschwatzt, ehe Slim auf das Podium stieg. Und was sagte sie wohl? »Sachte, sachte Mädels.« Als ob wir ein Schwarm Tauben oder so was wären. Sie hat gleich wieder mit ihren Fascho-Methoden losgelegt, indem sie sagte, man habe ihr berichtet, dass einige Mädchen ihre Mützen nicht trugen, als sie bei der Schule eintrafen. Sie hätte gern, dass die älteren den jüngeren Mädchen mit gutem Beispiel vorangingen, nicht andersrum. Sieht so mein Leben von nun an aus? Dass ich mich um Baskenmützen kümmern muss? Während ein Sexgott den Planeten unsicher macht? Ich hatte gute Lust, vor der gesamten Versammlung loszubrüllen: »Such dir ein Leben, Slim! Oder besser, such dir zwei ... es ist ja genug von dir da!«

Aber Adlerauge hatte mich im Visier. Ich weiß, dass sie wieder an die Heuschrecken dachte. Ständig beobachtet sie mich wie ein Wiesel. Ich glaube kaum, dass ich das noch viel länger aushalte, dabei ist es erst halb zehn.

17:00 Was für ein Albtraum! Jas, Ellen, Jule und ich DÜRFEN NICHT in der letzten Reihe nebeneinander sitzen. ICH FASS ES NICHT. Stattdessen hat man mich neben die grässliche Pamela Green gesetzt. Das ist mehr, als irgendjemand aushalten kann. Die grässliche P. Green ist so öde, dass man sich am liebsten die Pulsadern aufschneiden würde, wenn man sie nur ansieht. Dazu kommt – Adlerauge ist unsere

Klassenlehrerin. *Quelle horreur* und dreifache *merde*. Und Freitagnachmittag als Letztes eine Doppelstunde Physik. Was soll das alles?

Mittwoch, 9. September

8:40 Ich bin jetzt Expertin darin, so wenig Mascara aufzutragen, dass keiner merkt, dass überhaupt was drauf ist. Keine Spur von den Jungs.

13:00 Nach der Mittagspause kamen Alison Peters und Jackie Mathews vorbei. Sie rauchten und ich muss sagen, sie sind ziemlich gewöhnlich, aber das kann ich natürlich nicht zu ihnen sagen, weil ich nicht zusammengeschlagen werden möchte oder Kaugummi in meinen Tennisschuhen finden will.

Jackie sagte: »Wir machen morgen was Neues, so 'ne Art David-Copperfield-Ding. Ihr könnt uns alle im Raum von der 5C nach der zweiten Essenspause treffen.«

Aber hallo, vielen Dank. Gute Nacht! Es ist natürlich streng verboten, sich nach der zweiten Mahlzeit noch in der Schule aufzuhalten. Ich spüre schon was… Was ist es nur? Ja natürlich, wie sich mein erster Eintrag ankündigt!

18:00 Ist mein Leben vorüber? War das alles? Unten höre ich meine Eltern lachen und im Nebenzimmer spielt Libby mit ihren Puppen, ich kann hören, wie sie mit ihnen spricht. Wie traurig, dass sie noch so klein ist und nicht ahnt, welch ein Jammer auf sie zukommt. Das ist genau das Traurige. Ich höre ihre kleine Stimme murmeln… Was sagt sie…?

Das gibt's doch nicht. »Arme Georgia, arme Georgia.«

Donnerstag, 10. September

17:00 Langweiliger Tag in der Schule, dann heim in mein noch langweiligeres Leben zu Hause. Ich wollte Jas ausfragen, aber sie musste zum Zahnarzt. Das beabsichtigte David-Copperfield-Ding von Jackie und Alison ist heute in der Mittagspause verschoben worden – ein Glück. In der Morgenversammlung hatte es sich rumgesprochen, dass Jackie wegen Unwohlseins fehlte. Fängt dieses Schuljahr ja ziemlich früh mit den Krankmeldungen an. Auf jeden Fall bleibt uns ihr komischer Einfall noch ein paar Tage erspart. Ich glaube, sie und Alison nehmen Drogen. Pferdedoping, höchstwahrscheinlich.

Dienstag, 15. September

16:30 Absolut keine Spur vom SG. Hab aber ein bisschen Tratsch rausgekriegt, Katie Steadmans Eltern kennen nämlich die Eltern vom SG aus so einem dämlichen Rommeeklub, wo nur die echt Alten hingehen. Angeblich heißt er Robbie Jennings – seine Eltern, Mr. und Mrs. Jennings, haben den Laden, den so genannten Gemüse- und Delikatessenladen, wie Jas ihn nennt. Eigentlich mag ich Katie Steadman nicht so besonders. Sie ist schon in Ordnung, aber ich hab den Eindruck, dass sie mich für ein bisschen oberflächlich hält.

Sie ist verdammt groß, das muss man ihr lassen, und sie hat hübsches Haar, aber sie wirkt irgendwie bemüht. Im Unterricht meldet sie sich zum Beispiel dauernd. Richtig, mit erhobener Hand. Nicht so, wie die meisten, die den Arm heben, die Hand aber irgendwie hängen lassen, dass sie am Handgelenk rumbaumelt. Das soll bedeuten: Man wird zwar gezwungen, die Hand zu heben, das ist eben die Fascho-Methode, aber gleichzeitig hebt man die Hand nicht wirklich. Ich hab mir angewöhnt, die Hand zu heben und mit ausgestrecktem Finger zu deuten – wie bei Fußballspielen, wenn alle auf einen dicklichen Spieler zeigen und »Rollmops! Rollmops!« singen. Aber wie üblich wird jede Art von Humor in dieser Kaschemme niedergemacht. Adlerauges Kommentar: »Georgia, wenn du zu müde bist, die Hand richtig zu heben, solltest du vielleicht früher zu Bett gehen… Oder hilft dir eine Strafarbeit von ein paar tausend Zeilen vielleicht dabei, dein Handgelenk aufzurichten?«

Ich versuch den Trick mal bei Herrn Kamayer – unserem Deutsch- und Physiklehrer, dem einzigen Lichtblick in dem Höllenloch hier. Er ist der einzige männliche Lehrer an der reinen Mädchenschule und dazu noch Deutscher – ein echtes Unikum.

20:00 Hab klassische Musik gehört, weil ich dachte, es könnte beruhigend wirken, aber sie regt mich eher auf und hat keine richtige Melodie.

20:05 Ich liebe das Leben!!! Jas hat gerade angerufen und erzählt, dass wir zu einer Party bei Katie Steadman eingeladen sind und… dass Katie Tom und Robbie eingeladen hat.

Jawolll!!! Hat wohl gewirkt, dass ich nett zu Katie war. WAS ZIEH ICH BLOSS AN??? Hilfe, Hilfe! Nur noch zwei Wochen.

20:10 Ich mach mal lieber meine Yogaübungen.

20:15 Am besten ab sofort Gesichtspackungen auflegen!

20:20 Ob meine Nase wohl schmaler wird, wenn ich mir eine Wäscheklammer draufklemme? Wie Amy in *Betty und ihre Schwestern*? Warum hat sich Mum nicht einen Mann mit kleinerem Zinken ausgesucht?

20:30 Hab Mum gefragt, warum sie Dad geheiratet hat (er ist zum Kegeln mit Onkel Eddie – man stelle sich vor!). Sie hat einen Moment überlegt und gesagt: »Er bringt mich zum Lachen.« Er bringt sie zum Lachen. Er bringt sie zum Lachen. Mich bringt Bart Simpson zum Lachen, trotzdem heirate ich ihn nicht.

Mitternacht Ha-ha-ha-ha-ha-ha.

Montag, 21. September

8:00 Noch elf Tage bis zur Party.

Dienstag, 22. September

9:30 Heute hat jemand während der Morgenversammlung gefurzt (ich hab die grässliche P. Green in Verdacht). Wer es auch war, es war ein echt lauter, der auch noch kam, als alle gerade schwiegen, um an die Armen der Welt zu denken. Und es war auch nicht so ein kurzer, er war markerschütternd. Jas, Ellen, Julia und ich haben uns vor Lachen geschüttelt und alle anderen auch. Ich hab fast den ganzen Tag lachen müssen und jetzt tut mir der Bauch weh.

Donnerstag, 24. September

17:30 Im Bett. Bin total durchgefroren. Hab womöglich Tbc. Echt, Miss Stamp ist eindeutig sowohl pervers als auch lesbisch. Warum sonst sollte jemand auf die Idee kommen, uns Mädchen in Turnhosen rumzuhetzen und mit einem Stock auf einen Ball einschlagen zu lassen? Sie nennt das Hockey – ich nenn es die krankhaften Verirrungen einer krankhaften Veranlagung. Wenn ich die Party verpasse, nur weil Miss Stamp ihrer lesbischen Lust frönt, BRING ICH SIE UM. ICH BRING SIE UM.

Freitag, 25. September

10:00 Endlich gesichtet! Auf dem Weg zur Schule haben wir Tom gesehen. Er ist doch tatsächlich stehen geblieben und hat mit uns geplaudert. »Hi, alles paletti?«, hat er gesagt.

»Na klar«, hab ich geantwortet, »acht Stunden am Tag mit sadistischen Psychopathen eingesperrt zu sein ist oberpaletti!«

Er musste lachen und sagte dann, an Jas gewandt: »Kommst du zu Katies Party?«

Jas wurde abwechselnd rot und blass und schließlich babyrosa, mit Ausnahme ihrer Nasenspitze, die rot blieb. Muss dran denken und ihr sagen, wie sie aussah. Schließlich brachte sie eine Antwort hervor und er sagte: »Prima, ich freu mich.«

Jas war im siebten Himmel. »Hast du gehört, was er gesagt hat?«

»Ja.«

»Er hat gesagt: ›Kommst du zu Katies Party?‹«

»Ja.«

»Er hat gesagt: ›Prima, ich freu mich.‹«

»Ja.«

»Er hat gesagt: ›Prima, ich freu mich.‹«

»Du sagtest es bereits.«

»Er hat gesagt: ›Prima, ich freu mich‹, ... zu mir. Er hat gesagt: ›Kommst *du*?‹, weil er mich gemeint hat.«

»Ähm, Jas?«

»Ja?«

»Hörst du endlich auf?«

17:00 Hat sie aber nicht.
Herr Kamayer hat Physik ausfallen lassen, weil er erkältet ist. Verdammt, verdammt noch mal. Wann passiert denn mal wieder was Lustiges? *Sacré bleu.*

Samstag, 26. September

10:00 Lustloser Herbstspaziergang mit Libby in ihrer Karre. Sie hat die ganze Zeit gesungen: »Ich bin die Königin, oh, ich bin die Königin«, und hat die Elfenflügel nicht abgenommen, die ich für sie gebastelt habe. Ein Albtraum, sie damit in den Wagen zu setzen. Die Wolken jagten über den Himmel, aber es war ganz lau und erfrischend. Schließlich ist meine Lustlosigkeit verflogen und ich hab mitgesungen. Zusammen brüllten wir: »Ich bin die Königin, oh, ich bin die Königin!«, und in dem Moment stieg er aus einem roten Mini. Robbie. Der SG. Er sah mich und sagte: »Hallo, wir kennen uns doch, oder?«

Ich hab so strahlend wie möglich gelacht und dabei zu umgehen versucht, dass meine Nase breit wie ein Berliner wird. Man muss den Mund locker lassen, indem man die Zunge hinter die Backenzähne steckt, dabei aber leicht die Nasenflügel bläht, damit sie sich nicht selbstständig machen. Er hat mich ein bisschen komisch angeschaut.

»Äpfel«, sagte ich bedeutungsvoll.

»Ach ja«, erinnerte er sich, »im Laden, mit deiner Freundin.« Er lächelte wieder. Einfach traumhaft. Dann beugte er sich zu Libby runter. Sie lief zu voller Form auf und bescherte ihm einen ihrer »Ich bin ein verrücktes Kind«-Blicke. Sie sagte: »Ich bin die Königin«, und er antwortete: »Tatsächlich?« (Gott, ist er süüüß mit Kindern!)

Dann sagte Libby: »Ja, ich bin die Königin und Georgia hat heute Morgen einen dicken Haufen gemacht.«

Ich traute meinen Ohren nicht. Er traute seinen Ohren nicht. Keiner traute seinen Ohren. Es war einfach unfassbar, deshalb. Er richtete sich rasch auf und ich sagte: »Äh, ich muss jetzt weiter.«

Und er sagte: »Ja, bis dann.«

Und ich dachte: Denk an Sharon Stone, denk an Sharon Stone. Also sagte ich: »Ja, wir sehen uns vielleicht bei Katies Party«, und er antwortete: »Nein, ich kann nicht, hab an dem Abend schon was anderes vor.«

19:00 »Georgia hat heute Morgen einen dicken Haufen gemacht…«

19:05 »Nein, ich kann nicht, hab an dem Abend schon was anderes vor.«

19:06 Kann es noch schlimmer kommen?

20:00 Ja, es kann. Dad hat gerade seinen Kopf zur Tür reingesteckt und gesagt: »James kommt morgen vorbei. Wir dachten, wir machen alle zusammen einen Ausflug in den Stanmer Park.«

Sonntag, 27. September

22:00 James hat versucht mich zu küssen!!!
Es war eklig. Er ist mein Vetter. Das ist Inzest. Wenn ich nur dran denke, wird mir schlecht. Igittigitt.

22:05 Es war in meinem Zimmer nach einem *horriblement* verbrachten Tag; wir sind die ganze Zeit in einem blöden Park rumgetrampelt. Für wie alt halten die mich? Ich musste auf einer Wippe sitzen. Hab mir natürlich meine neue Strumpfhose zerrissen.

Also, eine Zusammenfassung meines wunderbaren Ausflugs liest sich folgendermaßen: Hab mir 'ne Laufmasche geholt, dann hat mich mein Vetter angefallen. *Perfectamondo.* In meinem Zimmer!!!

22:07 Als wir heimkamen, haben James und ich Platten gehört und alte Comics angeschaut und plötzlich hat er das Licht ausgeknipst und gefragt: »Sollen wir kitzelige Bären spielen?« Kitzelige Bären! Haben wir gespielt, als wir ungefähr fünf waren. Einer war der kitzelige Bär und ist gejagt und gekitzelt worden und… äh, das war alles. Ich war so entsetzt (und konnte im Dunkeln zudem nichts sehen), dass ich nichts als »nnnnn« rausbrachte. Und dann sagte er: »Grrr, ich hab dich!«, und hat angefangen mich zu kitzeln. Total peinlich. Aber das war noch nicht alles – irgendwas Nasses hat mein Gesicht an meiner Nase berührt. Ich schnelle hoch wie ein Lachs und stolpere zum Lichtschalter. James rappelt sich hoch und nimmt einen Comic und fängt zu lesen an. Ich mach dasselbe. Dann hat ihn mein Vater heimgefahren. Der Vorfall mit dem nassen Ding auf meiner Nase ist nicht erwähnt worden. Wie die Geschichte mit dem Bein. Ich glaube, ich halte so was nicht länger aus.

Montag, 28. September

11:00 In der Pause hab ich Jas und Jule alles erzählt. »Igitt«, sagten sie, »das ist ja echt abartig. Dein Vetter? Jammervoll.«

Jule erzählte dann, dass sie den Pimmel ihres Bruders schon oft gesehen hat. »Er ist eigentlich ganz niedlich«, sagte sie. »Wie eine Maus.« Sie lebt in einer eigenen Welt. (Gott sei Dank!) Ach du Grundgütiger, echt!

16:15 Auf dem Heimweg. Ich könnte Jas umbringen. Sie quasselt natürlich nur von der Party und ich kann jetzt genauso gut daheim bleiben. Jackie und Alison holten uns unterwegs ein. Jackie war völlig mit Tünche zugekleistert. Und hatte die Haare aufgetakelt. Als wir im Park an den Klos vorbeikamen, mussten wir draußen Wache stehen, während sie sich die Schuluniform auszog.

»Ich geh nämlich in die Disko«, sagte sie aus dem Klo

raus. Sie nimmt wohl fälschlicherweise an, dass ich mich dafür interessiere, was sie tut.

»Ich wusste gar nicht, dass Diskos schon um halb fünf aufmachen«, sagte ich.

»Sei nicht so dämlich, Ringo«, rief sie raus. (Ich hasse sie, ich hasse sie.) »Erst geh ich zu meiner Freundin, mich rausputzen, Make-up auflegen und so.« Make-up auflegen? Wenn sie noch mehr Make-up draufschmiert, kann sie kaum noch den Kopf auf den Schultern halten vor lauter Gewicht.

Sie kam raus mit so einem ausgeschnittenen Glitzertop und hautenger Hose und sah wie fünfundzwanzig aus.

»Hab ein Date mit dem DJ vom *Loveculture* – der ist echt cool. Ich glaube, er ist an die dreißig, aber ich mag reife Männer.«

Als sie weg waren, sind Jas und ich weitergegangen. »Glaubst du, dass Jackie es schon gemacht hat?«, fragte ich. Jas meinte: »Du kannst genauso gut fragen, ob die Queen Mum tatsächlich steinalt ist!« Manchmal ist Jas ganz abartig verrückt. Wie um ihrem Argument Nachdruck zu verleihen, fuhr sie fort: »Gemma Crawford hat erzählt, dass sie einen Typ kennt, der Unterricht im Küssen gibt. Was meinst du, sollen wir vor der Party zu ihm gehen?«

Ich warf ihr einen Blick zu. »Jas, willst du andeuten, dass wir zu einem Callboy gehen sollen?«

»Er küsst einen nur und man muss auch nicht zahlen«, erklärte Jas.

Ich konnte nur den Kopf schütteln.

22:00 Ich hab mich auf meinen Arm gelegt, bis er taub war, und dann hab ich ihn mir (mit dem nicht tauben Arm) auf die Brust gelegt. Ich wollte wissen, wie es sich anfühlt, wenn eine fremde Hand darauf liegt. Ganz nett, aber was weiß ich schon. Ich bin zu erfüllt von unbekannten Sehnsüchten, um richtig denken zu können. Soll ich auf die Party meinen BH anziehen?

22:05 Iiih, es ist fies, wenn das Gefühl langsam in den Arm zurückkehrt, nachdem er wie abgestorben war.

23:07 Den eigenen Handrücken küssen bringt's nicht, weil man nicht unterscheiden kann, was was ist – was Lippen und was Hand –, das richtige Gefühl fehlt also bei beiden. Haben Jungs das gleiche Problem oder wissen sie einfach Bescheid?

23:15 Die Antwort ist Nein, wenn ich nach dem Vorfall mit dem »kitzeligen Bär« gehe.

Dienstag, 29. September

8:30 Bio. Doppelstunde Mathe, Franz und Geografie. *Qu'est-ce que le point?*

In meinem Zimmer

18:00 Was für ein Fiasko. Jackie und Alison hatten beschlossen, heute sei der Tag für den David-Copperfield-Rummel im Klassenzimmer von der 5C.

Es ist erstaunlich, wie wenig Leute sich gegen sie wehren, einschließlich der Lehrer.

Also, wir alle raufmarschiert zur 5C nach der zweiten

Essenspause. Das allein ist schon ein Fiasko – man muss vor dem Hauptportal rumhängen, bis die Luft rein ist, dann zu den Klos runterrasen und prüfen, ob da die Luft rein ist (haha), dann die Treppen zum ersten Stock hochstürmen und so weiter, bis zum fünften Stock.

Ich war schon fertig, als ich endlich oben ankam. Wir waren zu siebt, alle in Spitzenkondition – sprich: hustend und prustend. Jackie sagte, wir würden einen Akt schwarzer Magie vollführen – nämlich die »Schwebende Jungfrau«. Wir würden die Mächte der Dunkelheit zu Hilfe nehmen. Na wunderbar, wir rufen den Teufel an. Zum Totlachen.

Warum, warum nur bin ich mitgekommen, dachte ich. Aber, wenn wir schon mit dem Teufel kommunizieren würden, überlegte ich, dann könnte ich vielleicht einen Tausch mit ihm aushandeln – die Seele meines Vaters gegen einen größeren Busen für die Party am Freitag.

Abby Nicols stellte sich freiwillig als Opferlamm zur Verfügung. Sie musste sich auf ein Pult legen. Jackie stellte sich an ihrem Kopf und Alison an den Füßen auf, wir anderen verteilten uns gleichmäßig dazwischen. Jackie sagte: »Seid bitte ganz still und konzentriert euch, wir rufen jetzt die Mächte der Dunkelheit. Legt einen Finger von jeder Hand unter Abbys Körper und wir fangen an.«

Wir gehorchten alle. Dann schloss Jackie die Augen und fing mit leiser, belegter Stimme einen Singsang an: »Sie sieht unwohl aus. Sie sieht unwohl aus«, und wir mussten es eine nach der anderen wiederholen. Dann sagte sie: »Es geht ihr schlechter. Es geht ihr schlechter. Sie sieht krank aus. Sie sieht krank aus.«

Und tatsächlich, sie sah inzwischen ein bisschen spitz

aus. Das ging fünf Minuten so weiter und Abbys Zustand verschlechterte sich zusehends. Schließlich flüsterte Jackie: »Sie stirbt. Sie stirbt...« Wir wiederholten ihre Worte. »Sie ist tot, sie ist tot.« Und sie sah auch keineswegs gut aus und war steif wie ein Brett und ich konnte sie nicht atmen sehen.

Schließlich sagte Jackie: »Herr der Dunkelheit, hilf uns, Abby Nicols hochzuheben.« Und dann zu uns: »Hebt sie hoch«, und es war wirklich total schaurig, ich hab sie nämlich nur ganz sachte mit meinen beiden Fingern angetippt und sie hat sich ganz leicht heben lassen, wie eine Feder. Sie schwebte über unseren Köpfen. Es war verrückt.

Nach ein paar Minuten hat uns alle gleichzeitig der Mut verlassen und wir ließen sie richtig unsanft auf das Pult fallen. Das hat ihr anscheinend wieder etwas Aufschwung gegeben. Als wir rausrannten, hab ich sie nämlich sagen hören: »Ich glaub, ich hab mir den Hintern gebrochen.«

23:00 Bin entsetzt aus dem Schlaf hochgefahren, weil ich gehört habe, wie die Zimmertür aufging. Von alleine...

Mittwoch, 30. September

7:30 Kann meinen Kopf nicht drehen, weil ich die ganze Nacht im Bett gesessen hab. Jetzt ist mein Genick steif.

13:00 Gemma hat uns wissen lassen, dass ihr Freund Peter Dyer, der Berufsküsser, morgen nach der Schule Zeit hat. Man muss nur zu ihm nach Hause gehen und nach halb fünf und vor halb sieben (da kommen seine Eltern heim) klingeln. Wer zuerst kommt, mahlt zuerst. Bin ich so tief gesunken? Nein!

21:30 Musste wieder mal mit Jas durchkauen, was sie am Freitag zu der Party anziehen soll. Von mir aus kann sie nackt gehen!

Oktober

Liebe mit Makel

Donnerstag, 1. Oktober

16:30 Aus welchem Grund auch immer stand ich plötzlich vor Peter Dyers Haus und läutete. Ellen und Jas, Jule, Patty, Sarah und Mabs hatten sich alle hinter der Gartenhecke versteckt. Was ist bloß in mich gefahren? Ich bin FRUSTRIERT – das ist es.

Ich wusste nicht, ob ich Lippenstift tragen sollte oder lieber nicht. Wozu soll das gut sein, wenn er doch nur abgeht… Was red ich da eigentlich?

16:31 Peter machte auf. Er ist ungefähr siebzehn und blond, sieht ein bisschen schläfrig aus, nicht schlecht, so 'ne Art Boyzone-Typ. Ich stelle fest, dass er Kaugummi kaut. Ich hoffe, er nimmt ihn raus, sonst ersticke ich womöglich. Hinter der Hecke kommt unterdrücktes Kichern hervor. Peter hört es, scheint sich jedoch nicht aus der Fassung bringen zu lassen.

»Willst du reinkommen – äh – wie heißt du?«

Ich sage: »Georgia«, (verdammt, ich wollte einen falschen Namen angeben) und wir gehen rein.

Er hat enge Jeans an und es hängen so bimmelnde Dinger rum, die die Japaner vor der Tür haben. (Nicht an seinen

Jeans natürlich – an der Tür.) Ihr wisst schon... so ein Glockenspiel. Wozu soll das gut sein? Das Geräusch nervt doch nur und außerdem, muss man unbedingt hören, dass es windig ist? Wir nehmen gerade Japan in Geografie durch, und nur um Adlerauge zu ärgern, hab ich mir alle Inseln gemerkt. Hokkaido, Honshu... Äh, fast alle. Hab letztes Jahr das Gleiche mit Nordirland gemacht (Fermanagh, Antrim, Tyrone, Londonderry, Armagh, Down). Mit dem Aufzählen der einzelnen Grafschaften kann man schwer Eindruck schinden, wenn einem vorgeworfen wird, dass man nicht aufgepasst hat...

O-oh, wir gehen die Treppe rauf in Peters Zimmer. Er hat noch kein Wort gesagt. Sein Zimmer ist viel ordentlicher als meines. Zum einen hat er sein Bett gemacht. An den Wänden hängen Poster von Madonna und Miss December und so weiter. An meiner Wand hängt ein Poster von Mr. Bean mit nacktem Hintern und eins mit den Schauspielern von Monty Python. Macht das den großen Unterschied zwischen Mädchen und Jungen aus? Ist das... o-oh, Peter setzt sich aufs Bett.

»Willst du dich nicht setzen?« Er klopft mit der flachen Hand neben sich.

Ich denke: Nein, danke, lieber würde ich den Kopf in eine Tüte voller Aale stecken, stattdessen sage ich: »Okay«, und setze mich.

Er legt den Arm um mich. Ich überlege, ob ich den Arm um ihn legen soll, wie in so einer dämlichen Comedyshow, tu es aber nicht, weil ich mich an die Geschichte mit der gefüllten Olive erinnere. Dann dreht Peter mit der anderen Hand mein Gesicht in seine Richtung. Gut, dass er das nicht gestern versucht hat, als ich Totenstarre im Genick hatte. Dann sagt er: »Mach die Augen zu und werd ganz locker.«

21:00 Puh, jetzt bin ich wohl eine Frau. Libby scheint das nicht aufzufallen. Sie hat mich überredet, ihre Kappe mit den Wackelfühlern zu tragen, und tut so, als sei ich die Biene Maja. Wenn ich zu ihr sage: »Hör mal, du musst jetzt ins Bett«, macht sie nur *summ, summ, summ* und sieht mich böse an.

Ich muss *»Sssumm, summ-se-summ«* sagen und mit meinen Fühlern auf ihr Bett deuten, ehe sie gehorcht.

21:20 Als ich heimkam, fiel weder Mum noch Dad die Veränderung in mir auf. Aber ich müsste schon mit dem Kopf unter dem Arm reinmarschieren, ehe Dad aus seinem Stuhl hochkommt. Er wird ziemlich massig. Vielleicht sollte ich es mal auf mitfühlende Weise erwähnen. Aber wie gesagt – puuuh!

Als ich die Augen schloss, sagte Peter: »Erst mal ein ganz gewöhnlicher Kuss.« Dann küsste er mich. Wir fingen also mit Kuss Nummer eins an: Lippen geschlossen, keine Bewegung. Er sagte, ich sei eine Naturbegabung, nicht zu »zahnig«, was angeblich ziemlich häufig vorkommt.

Er erklärte mir auch, wie man erkennt, in welche Richtung man den Kopf neigen muss (man beobachtet, wohin der Junge den Kopf neigt und passt sich gewissermaßen an). Dann haben wir uns ein bisschen bewegt und er hat mir gesagt, was ich mit den Händen machen soll (um die Taille ist am sichersten).

Also, wir haben ganz schön viel geschafft in der halben Stunde. Auch ein bisschen mit Zunge, wovor ich am meisten Angst hatte, aber es war eigentlich gar nicht so schlimm, ein bisschen wie eine Eidechsenzunge, raus und rein. Ganz niedlich, auf so 'ne verrückte Art. Was man vor allem beachten muss: Man muss die richtige Mischung rausfinden zwischen »nachgeben« und »aktiv werden«. Peter sagt, man kann ein Pferd zum Wasser führen, aber man kann ihm nicht beibringen, richtig zu küssen.

Am Ende der Sitzung (er hatte einen kleinen Wecker) schüttelte er mir die Hand und brachte mich zur Tür. Auf dem Weg hinaus kam ich an Mabs vorbei – sie war jetzt dran. Ich war froh, dass ich die Erste gewesen war. Jule und Ellen und Jas versuchten mich auszuquetschen, aber ich sagte voller Würde: »Ich möchte erst mal lieber darüber nachdenken, wenn ihr nichts dagegen habt. *Bon soir.*«

22:45 Ha-ha-ha-ha-ha-ha-ha, ich bin ein Naturtalent.

Freitag, 2. Oktober

16:00 Die Party!!! Weiß gar nicht, warum ich so aufgeregt bin, wo SG doch nicht mal kommt. Aber vielleicht kann ich ja meine frisch erworbenen Kusstechniken ausprobieren.

Jackie Mathews hat einen riesigen Knutschfleck am Hals. Sie hat ungefähr sechs Zentimeter Abdeckschminke draufgeschmiert und trägt ein Halstuch… wie unauffällig! Er ist RIESIG. Mit wem hat sie bloß geknutscht – mit einem Kalb? Das ist vielleicht ordinär. Wie kann man sich nur so ablutschen lassen?

Der Tag zog sich lähmend dahin. Ich beschwer mich wirklich irgendwann über Miss Stamp – sie sollte lieber in einem Gefängnis arbeiten. Hat sie bestimmt früher mal. Obwohl es draußen eiskalt war, hat sie darauf bestanden, dass wir in der Sportstunde auf dem Hockeyfeld rumhetzen. Man konnte den eigenen Atem sehen. Sie hat Jackie und Alison in der Dusche beim Rauchen erwischt und sie gezwungen sich die Turnhosen wieder anzuziehen und zweimal ums ganze Feld zu laufen. Was fast schon ein Grund ist, sie als Lehrerin haben zu wollen. Zum Schreien! Jackie sieht vielleicht ganz okay aus, wenn sie aufgetakelt ist und in einem dunklen Nachtklub, aber man muss sie mal von hinten in ihrer großen, dunkelblauen Turnhose sehen!!

16:15 Nur drei Stunden zum Umziehen und Schminken, dann treff ich Jas, Jule, Ellen und die Clique am Rathaus. Wir wollen gemeinsam eintreffen. Dad besteht darauf, mich um Mitternacht abzuholen. Es hat keinen Zweck, mit ihm zu handeln, er sagt nur: »Du kannst von Glück sagen, in meiner Jugend … bla-bla-bla«, und schon sind wir im Mittelalter beziehungsweise in den Siebzigern, wie er es nennt.

19:30 Treffen mit der Clique. Wir sehen aus wie die Angestellten eines Beerdigungsinstituts, die auf einen Schluck ausgehen. Schwarz ist angesagt. Katie Steadmans Haus ist ziemlich vornehm – sie hat zwei Zimmer, ein Wohnzimmer und ein Schlafzimmer. Flokatis, die zum Tanzen bis an die Wand aufgerollt sind.

Als wir ankamen, waren schon ungefähr dreißig Leute da, Tom auch. Anlass für Jas, vollkommen zappelig und dämlich zu werden. Er stand in einer Gruppe, kam aber sofort her und redete mit uns. Ich überließ ihm Jas und machte eine Runde. Das hat Spaß gebracht. Ungefähr eine Stunde lang hatte ich eine verrückte Tanzphase. Schon möglich, dass ich ein bisschen Ausschau hielt nach Ersatzküssern für SG. Alle Jungs waren zwar ganz nett, aber doch eher albern. Ein oder zwei mit ganz schrecklichen Hautproblemen. Hab wohl Glück, dass ich nur manchmal den besagten lauernden Unter-der-Haut-Pickel bekomme – manche sahen im Gesicht aus wie ein Streuselkuchen … und manche sogar auf dem Rücken … *Au secours!!!*

Dann entdeckte ich Peter Dyer. Ich winkte ihm zu und er kam rüber. Er hatte gerade mit Katie Steadman geredet und sie war wohl ein bisschen sauer, dass er zu mir kam. Peter sagte: »Hi!«, und ich sagte: »Hi … äh … danke für neulich. Das war echt … äh … toll. Hab 'ne Menge gelernt. Danke.«

Er sah mich von der Seite her an und stand fast auf mir drauf. »Es gibt noch was, wozu ich keine Zeit mehr hatte, komm mit.« Und er nahm meine Hand und zog mich aus dem Zimmer.

Händchenhalten hatten wir auch nicht geübt, aber ich improvisierte – nicht zu lasch, aber auch nicht zu grapschig. Ich glaube, außer Katie hat uns niemand rausgehen sehen, alle waren zu sehr damit beschäftigt, wie blöde zu einer Slade-Platte zu tanzen.

Wir gingen in den Garten und stellten uns hinter einen großen Baum neben dem Gartenweg. Peter fing an mich zu küssen (scheint kein großer Redner zu sein).

Diesmal war viel mehr Zunge mit im Spiel. Nicht schlecht, aber mein Kiefer fing an wehzutun. Peter schien es viel mehr Spaß zu machen als mir, er stöhnte nämlich ein bisschen und drängte mich an den Baum. Dann fing er an mir den Hals abzuknutschen und ich dachte, ach so, ja, der Hals, das hatten wir noch nicht, jetzt verästelt er sich aber – und dann bin ich fast erstickt, weil ich das Lachen unterdrücken musste (unter dem Baum ... verästelt sich, kapiert?). Ich konnte mich gerade noch zurückhalten. Man muss sich immer wieder ermahnen, dass Jungs es nicht mögen, wenn man lacht. Dann hörte ich eine Autotür zuschlagen und Leute durch den Kies auf uns zukommen.

Ich trat zurück, aber Peter hing noch immer an meinem Hals. Ich stolperte rückwärts über eine Wurzel und fiel auf den Hintern. Peter verlor das Gleichgewicht und fiel auf mich drauf. Wir machten beide: »Uff!« Von unten sah ich in das Gesicht eines großen blonden Mädchens, das zwei Klassen über mir ist, und neben ihr stand ... SG. Er war ganz in Schwarz und sah echt sauer aus.

Mit zusammengepressten Lippen sagte er: »Findet ihr nicht, dass ihr zwei allmählich reingehen solltet auf die Party?« Dann fiel mir der Name der Blondine ein, Lindsay, ein richtig nasser Waschlappen. Sie starrte auf meine Beine. War wahrscheinlich neidisch. Ich sah an mir runter und bemerkte, dass mein Rock total hochgerutscht war und man meinen Schlüpfer sehen konnte. Ich strich den Rock wieder runter, nach dem Motto »Immer fein würdevoll bleiben«, aber sie grinste immer noch hämisch.

Peter sagte ganz gelassen: »Hi, Robbie, ich dachte, du hast heute Abend einen Auftritt.«

»Hab ich auch«, sagte Robbie. »Aber Tom hat seinen Schlüssel vergessen und den bring ich ihm nur kurz vorbei.«

Er würdigte mich keines Blickes und sagte auch nicht mal tschüss oder so.

Mitternacht Verdammt, ich hasse ihn. Blöder, eingebildeter Typ. Scheiße, Scheiße, doppelt *ordure* und *merde*. Was geht es ihn an, was ich hinter einem Baum anstelle?

Dienstag, 6. Oktober

15:00 Peter hat mich am Wochenende angerufen. Ich weiß nicht, wie er an meine Nummer gekommen ist, weil ich nämlich total überstürzt abgehauen bin von der Party. Gemma muss sie ihm gegeben haben. Dad ist ans Telefon gegangen, das bedeutet das Ende allen zivilisierten Lebens, weil ER NICHT DAMIT AUFHÖRT. Dad findet es urkomisch und nennt Peter »dein Angebeteter«.

Peter wollte wissen, ob ich nächste Woche mit ins Kino gehe. Ich sagte, ja, gerne. Sieht also so aus, als ob ich so 'ne Art Freund habe. Warum bin ich dann so deprimiert?

Jas ist seit der Party unerträglich. Die ganze Mathestunde über hat sie mir Briefchen geschrieben.

Liebe Geo,
Tom ist soooo cool. Er hat mich nach Hause gebracht und dann, als wir an der Tür standen, hat er mir einen echt niedlichen Kuss auf die Wange gegeben. Seine Lippen sind ganz weich und er riecht gut, nicht wie mein Bruder. Er hat sich meine Telefonnummer geben lassen – glaubst du, dass er anruft? Was meinst du, an welchem Tag er anruft?
Heute ist Montag und ich hab ihn Freitag getroffen, das sind schon drei Tage. Ich an seiner Stelle würde heute Abend anrufen, und du? Wenn er mit mir ausgehen will, sollte ich dann zu jedem Tag okay sagen? Oder

wenn er Freitag vorschlägt, sollte ich dann sagen: »Ach, tut mir Leid, da hab ich keine Zeit«? Und wenn er fragt: »Wie wär's mit Samstag?«, kann ich sagen: »Ja, toll, Samstag wäre cool.« Was meinst du? Oder glaubst du, er denkt, ich lass ihn nur zappeln, wenn ich behaupte, dass ich Freitag keine Zeit habe, und ich sollte lieber zu jedem Tag okay sagen, den er vorschlägt? Bitte antworte schnell!

Ich hab sie so verächtlich wie möglich angestarrt, aber sie hört nicht auf mir Briefchen zu schicken. Die ganze Angeberfamilie der Jennings kann mir gestohlen bleiben.

16:00 Leider ist es Jas völlig egal, ob ich interessiert bin oder nicht. Den ganzen Heimweg über hat sie mich voll gelabert, was Tom gesagt und getan hat. Je mehr ich über ihn höre, desto weniger glaube ich, Jas sollte sich mit ihm einlassen. Na gut, vielleicht bin ich ungerecht und verbittert, aber sie ist meine beste Freundin und sollte gefälligst tun, was ich sage...

Tom will ins Obst- und Gemüsegeschäft einsteigen. Mann, wie aufregend... Jas findet das jedenfalls.

»Ich find es toll, dass er weiß, was er will, obwohl er noch so jung ist.«

Ich sagte fröhlich: »Genau, und du hast nie Mangel an Kartoffeln.«

Schließlich fiel es sogar Jas auf, dass ich nicht gerade begeistert war. Sie sah mich etwas verwirrt an und sagte: »Ich dachte, du findest ihn nett?«

Ich gab keine Antwort. Ich musste immer nur an seinen Bruder denken, wie er verächtlich auf mich runtergesehen hatte. Jas fuhr fort: »Findest du, dass ich lieber nicht mit ihm gehen sollte?«

Ich sagte noch immer nichts.

»Du findest also nicht, dass ich mit ihm gehen sollte?«, drängte sie.

Ich versuchte einen rätselhaften Eindruck zu machen, was mit einer Baskenmütze ziemlich schwierig ist.

23:30 Ich bin das Faksimile von einem Abklatsch von einem Fax von einer Person. Und ich geh aus mit einem professionellen Knutscher.

Mitternacht Angus hat ein paar von Mums Schlüpfern gefressen. Sie sagt, er muss weg. Warum kann sie nicht gehen und Dad gleich mit ihr? Oder verlange ich da zu viel?

Donnerstag, 15. Oktober

Mittag Slim hat alle Schwebeversuche verboten. Heute Morgen hat sie es in der Versammlung verkündet. Sie war völlig zittrig und wackelig, ihre Hängebacken haben gewabbelt wie blöd. Also, sie sagte: »In dieser Schule geht es zu wie in den Seitengassen von Haiti. Das muss ab sofort anders werden. Jedes Mädchen, das wir bei Schwebeversuchen ertappen, muss mit den strengsten Maßnahmen rechnen. Ich selbst möchte keinesfalls in den Schuhen dieses Mädchens stecken.«

Ich flüsterte Ellen zu: »Sie würde sowieso nicht reinpassen. Was wiegt wohl eins von ihren Beinen? Stell dir mal vor, was sie für 'ne Unterhosengröße hat – man könnte wahrscheinlich zwei Bettbezüge draus machen.«

Da warf uns Adlerauge einen scharfen Blick zu – wegen dem Gekicher.

14:00 Ich hätte Lust, jemanden umzubringen. Wenn ich der Typ dazu wäre, würde ich mich an einer Erstklässlerin vergreifen, aber wie die Dinge stehen, muss ich mich damit zufrieden geben, das Federmäppchen von der grässlichen P. Green zu verstecken.

15:00 Auf dem Weg zum Physik- und Chemietrakt bin ich Lindsay begegnet. Wie waschlappig kann man aussehen? Gott, so eine Pingelliese. Sie hat die pingeligste Frisur, die man sich vorstellen kann – mit Innenrolle! Beim Hockey hab ich ihre Beine gesehen, spindeldürr! Dünne Steckenbeine, als ob sie seit Jahren im Rollstuhl sitzt. Und wenn sie lernt, trägt sie 'ne superdicke Brille. Könnte wetten, dass sie die gut versteckt, wenn sie mit dem eingebildeten Pinsel ausgeht. Ach du Schreck, in vier Stunden geh ich aus. Das Abartige ist nur, dass ich gar keine Lust habe. Überhaupt keine. Nicht, dass irgendwas mit ihm nicht stimmt oder so, aber ich hab einfach keine Lust.

In meinem Zimmer

Mitternacht Wenn ich nur nie mit dieser Kussgeschichte angefangen hätte. Ich komm mir vor, als hätte mich eine Schar Weinbergschnecken attackiert. Ich kann mich nicht mehr mit Peter treffen. Warum ist er überhaupt so scharf auf mich? Ich hab kaum mehr sagen können als: »Äh, welche Fächer hast du belegt für die Prüfung…?«, schon haben mich die Schnecken wieder überfallen. Ich kann einfach nicht mehr mit ihm ausgehen. Aber wie bring ich es ihm bei?

1:00 Ich überlass es Jas.

Freitag, 16. Oktober

21:00 Was für eine Woche!
Ich hab Jas dazu gekriegt, für mich mit Peter Schluss zu machen. Ich hab sie gebeten, es ihm schonend beizubringen. Da hat sie ihm gesagt, ich hätte da so ein Problem. Er fragte, was das sei, und sie sagte ihm, ich würde mir einbilden, ich sei lesbisch. Vielen Dank auch, Jas!

Montag, 19. Oktober

16:00 Jetzt ist es in der ganzen Schule rum, dass ich lesbisch bin. Wir hatten Sport und waren gerade im Umkleideraum und Miss Stamp kam rein, um sich auch umzuziehen. Plötzlich waren alle verschwunden und hatten mich mit ihr allein gelassen. Sie hat tatsächlich einen Damenbart. Ob sie das nicht merkt?

Freitag, 23. Oktober

20:00 Tom hat Jas angerufen und sie gehen aus – zu einem Auftritt von Robbies Band. Die Band heißt: The Stiff Dylans. Ist bestimmt Mist. Absolut *merde*. Garantiert *double merde*.

Mum und Dad waren in der Küche und unterhielten sich, und als ich reinkam, hörten sie auf und machten betretene Gesichter. Dass man mich nicht falsch versteht, mir ist lieber, sie halten den Mund, wenn ich dabei bin, oder besser, es wäre mir lieber, denn es ist noch nie passiert. Mum sagte: »Hast du schon mal den Wunsch gehabt, ein bisschen mehr von der Welt zu sehen, Geo?«

Ich sagte: »Wenn ihr glaubt, ihr könnt mich überreden, Tante Kathy zu Weihnachten in Blackpool zu besuchen, könnt ihr's gleich vergessen.«

Wenn ich will, kann ich ungeheuer ironisch sein.

22:00 Egal, aus welchem Blickwinkel man es betrachtet, ich hab eine riesige, teigige Nase.

Ob mir Mum wohl eine Schönheitsoperation bezahlen würde…? Wenn ich zum Arzt gehe und behaupte, meine Nase sei psychisch so belastend, dass ich das Haus nicht verlassen kann, ob es dann wohl die Kasse zahlt?

Doch dann zwinge ich mich, den Tatsachen ins Gesicht zu sehen… Unser Hausarzt ist nicht der George-Clooney-Typ aus *Emergency Room* – das mitfühlende, unglaublich gut aussehende Gesicht der medizinischen Branche. Wir haben als Hausarzt Dr. Wallace, die unglaublich fette, rote, unbarmherzige Fratze der medizinischen Branche. Man kriegt nur mit Mühe mal ein Aspirin von ihm verschrieben, wenn man Grippe hat.

23:00 Jas hat angerufen. Es war toll mit Tom.
»Hat er dir was mitgebracht, einen Strauß Lauchstängel oder so?«, fragte ich gehässig, aber Jas ließ sich nicht von Wolke sieben runterholen.

»Nein«, sagte sie, »aber er tanzt ganz irre. Die Stiff Dylans waren super. Robbie ist ein cooler Sänger.«

Als Masochistin musste ich natürlich fragen. »War Lindsay da?«

Jas sagte: »Ja. Sie ist eigentlich ganz nett, sie hatte die Haare hochgesteckt.«

Ich hatte eine Stinkwut auf Jas, weil sie sich so treulos benahm, und sagte: »Ach, wie nett, dass du 'ne neue Freundin gefunden hast. Aber du solltest bedenken, dass du als Lindsays BESTE Freundin diejenige bist, die ihr den Tipp geben sollte, dass Menschen mit Dumbo-Ohren ihr Haar nicht hochstecken sollten.« Und dann hängte ich auf.

Mitternacht *Qu'est-ce que le point?*

Montag, 26. Oktober

19:00 Ich ignoriere Jas. Es ist anstrengend, aber jemand muss es wohl tun.

Donnerstag, 29. Oktober

17:00 Audienz bei Slim zu einer kleinen Unterhaltung. Echt, die Frau hat überhaupt keinen Sinn für Humor.

Das Hauptproblem liegt darin, dass sie meint, wir seien in der Schule, um Zeug zu lernen; dabei wissen wir ja, dass wir in der Schule sind, um die müßigen Stunden vor dem Heimweg totzuschlagen, ehe wir uns mit unseren Freundinnen treffen und wichtige Dinge unternehmen. Lebenswichtige Dinge, wie Make-up und Platten spielen und Jungs einfangen.

Wie dem auch sei, es ging nur um eine ganz unwesentliche Kleinigkeit.

Das Schulfoto sollte gemacht werden, von unserer gesamten Klasse und den Lehrern dazu. Einschließlich Herrn Kamayer, dem alten Gauner. Ellen und Jas, Jule und Rosie Mees und ich standen alle in der hintersten Reihe, weil wir die Größten sind. Tja, also, wir haben da so 'ne neue Marotte, alles geht um ein paar alte Fernsehserien mit Marionetten, *Der Rochen* und *Superkiste.* Rosie hat die ganzen alten Videos und wir sehen sie uns ständig an. Alle entscheidenden Sprüche kennen wir auswendig: »Raketen, marsch zurück!«, oder: »Wir rufen weltweite Hilfe!« Und dann laufen wir alle ganz steif rum, als würden wir (ungeschickt) von Puppenspielern bewegt. Zurzeit spielen wir dauernd Marina Aquamarina. Sie gehört zu einem Unterwasser-Königreich, ihr Vater ist der König und sie werden von schrecklichen Fischmenschen bedroht (nein, sie hatten keine Schwänze, aber das wäre noch ein zusätzlicher Gag gewesen ...).

Diese Marina Aquamarina aus der Serie ist unter Wasser rumgeschwommen wie Arielle. Ihr blondes Haar wallte hinter ihr her und ihre Arme hingen schlaff an der Seite. Alle Jungs mochten sie besonders gern, vor allem, weil sie stumm war – wenn jemand sie ansprach, hat sie nur auf niedliche Weise wortlos mit den Augenlidern geklimpert. Nun gut. Wenn wir also so tun, als wären wir Marina Aquamarina, lassen wir nicht nur die Arme schlaff herumschlenkern, wir dürfen auch nicht sprechen, nur den Kopf schütteln und zwinkern. Fragt uns die Aufsichtslehrerin: »Wo ist deine Mütze?«, dann dürfen wir nur zwinkern und glotzen und schnell davonrudern.

Dann gibt es noch Phase zwei, da tun wir so, als wären wir ein kleiner Junge namens Jimmy aus der Serie *Superkiste*. Jimmy hat eine richtige Himmelfahrtsnase mit Sommersprossen. Natürlich könnte man einfach die Nasenspitze mit dem Finger hochschieben und so den Stupsnaseneffekt erzielen, aber es ist viel wirkungsvoller, die Eierkartonmethode anzuwenden. Und zwar geht die folgendermaßen: Man schneidet die Vertiefung, in der das Ei liegen soll, ab, malt Nasenlöcher und ein paar Sommersprossen drauf und fertig ist die Laube. Ein Gummiband dran und über die eigene Nase ziehen. *Voilà l'enfant Jimmy!*

Tja, als das Schulfoto gemacht wurde, hatten Rosie, Ellen, Julia, Jas und ich unsere Jimmynasen auf. Wenn man das Foto vor sich hat, sieht man es gar nicht auf den ersten Blick, aber beim genaueren Hinsehen entdeckt man, dass fünf Mädchen in der hintersten Reihe alle Stupsnasen mit Sommersprossen haben. Rasend komisch, das würde jeder sagen.

Nicht so Slim. Sie bebte vor Zorn.

»Wisst ihr eigentlich, wie teuer es ist, solche Fotografien machen zu lassen? Nein, das wisst ihr nicht, ihr dummen Gören. Wisst ihr nicht, wie lächerlich ihr euch und die Schule erscheinen lasst? Nein, solche offensichtlichen Dinge begreift ihr wohl nicht.«

Nach einer halben Ewigkeit wurden wir endlich rausgelassen. Zur Strafe müssen wir auf dem ganzen Schulhof den Abfall auflesen. Nett für Mr. Attwood, den Hausmeister. Damit kann er sich dafür rächen, dass wir ihn Elvis nennen. Er ist höchstens hundertneun Jahre alt und der ödeste, schlechtest gelaunte Mann im ganzen Universum, von Dad mal abgesehen. Ich weiß wirklich nicht, was in letzter Zeit mit ihm los ist (mit meinem Vater), er ist ständig da und sieht mich so komisch an. Nun ja, Inzest ist wohl eine Familienkrankheit bei uns. (Das sollte übrigens nur ein Witz sein, gut, was?)

November

Die grobe Tour

Donnerstag, 5. November

19:00 Ich hasse den Guy Fawkes Day. Der Schulweg war ein einziger Albtraum voller Knallerbsen und Krachern. Jungs sind einfach besessen davon, Lärm zu machen und Leute zu verängstigen. Ich hab Peter Dyer getroffen (den Schneckenjüngling), aber er hat mich geflissentlich übersehen und außerdem seinem Kumpel noch was zugeraunt. Er geht inzwischen mit Katie Steadman – nur zu. Ob er für mich wohl der Erste und Letzte war? Jas und ich reden wieder miteinander, leider – ihr einziges Thema ist nämlich Tom. Sie ist ein bisschen sauer, weil er übers Wochenende im Laden arbeiten muss. Mein Kommentar: »Tja, so geht das eben im Obst- und Gemüsehandel, Jas, du wirst immer die zweite Geige spielen neben seinen *légumes.*« Ausnahmsweise hat sie mal nicht zurückgeschossen.

19:30 Angus liebt den Abend des fünften November mit den Freudenfeuern und dem Feuerwerksgeknalle. Der Hund von nebenan muss in eine Gummizelle gesperrt werden, solche Angst hat er, aber Angus ist ganz begeistert. Er jagt hinter den Raketen her – denkt wahrscheinlich, dass es brennende Rebhühner sind. Auf den Feldern hinter der

Straße soll ein großes Feuer gemacht werden, die ganze Straße geht hin. Ich aber nicht, weil ich weiß, dass meine Nase im Feuerschein besonders auffällt. Ich könnte natürlich einen Hut tragen. Soll so mein Leben aussehen, immer mit Hüten rumlaufen? Nein. Ich bleibe lieber in meinem Zimmer und schau vom Fenster aus zu, wie sich die anderen amüsieren.

22:00 Ein Superscheiterhaufen! Ich liebe den fünften November. Hab Kartoffeln aus der Glut gegessen und bin von einem Nachbarjungen angequatscht worden. Er sieht ein bisschen wie Mick Jagger aus (allerdings nicht wie achtzig). Er hat »Bis bald« gesagt, als ich nach Hause ging. Ich glaube, er geht auf die Dummenschule, aber vielleicht ist er was fürs Grobe. Kicher, kicher.

Mittwoch, 11. November

16:20 Jas kommt nach der Schule auf ein »Schwätzchen« rüber. Ich mach uns meinen Spezialkaffee. Sofort ist sie wieder am Stöhnen. »Tom arbeitet nächstes Wochenende schon wieder.«

»Tja, ich hab dich gewarnt«, sagte ich, »es ist eben ein Familienbetrieb.« Bin mir wie eine sehr weise Person vorgekommen, außerdem hab ich mich anscheinend zu einer italienischen Mama entwickelt. Hab doch früher nie »Familienbetrieb« gesagt. *Mamma mia.*

Jas ist wohl nicht aufgefallen, wie italienisch ich plötzlich wirkte, sie hat einfach weiter gewettert. »Ich weiß auch nicht, echt, ich mag ihn wirklich, wirklich gern, aber ich will mich amüsieren … ich will nicht so ernsthaft sein müssen und mir über die Zukunft den Kopf zerbrechen und nie ausgehen.«

Ich war jetzt so richtig drin in meiner neuen Rolle. »Hör mal, Jas, du bist doch ein kluges Kind (na bitte – ich kann so was auch ganz ohne Sarkasmus sagen – fast), du siehst gut aus, die Welt liegt dir zu Füßen. Willst du wirklich bei einem Obst- und Gemüsehändler hängen bleiben? Bleib bei ihm und im Handumdrehen hast du fünf Kinder am Hals und musst um fünf Uhr morgens aufstehen und ihr streitet euch um Kohlköpfe. Sieh dir doch meine Mutter an«, fügte ich viel sagend hinzu.

Jas war mir bis dahin mühelos gefolgt, doch jetzt sagte sie: »Wieso, was ist mit deiner Mutter?«, und ich sagte: »Sie hat Dad abgekriegt.«

Jas sagte: »Verstehe.«

Montag, 16. November

16:10 Jas hat mit Tom Schluss gemacht. Sie ist heute Morgen aschfahl und mit geschwollenen Augenlidern aufgekreuzt. Ich musste bis zur Pause warten, um mit ihr zu reden.

Wir gingen auf die Tennisplätze, obwohl es verdammt kalt war. Ich weigere mich trotzdem, ein Unterhemd zu tragen. Der BH muss sein, selbst wenn er vorne Falten schlägt. Ich glaube, mein Busen wächst jetzt tatsächlich. Wenn man daran rummacht, soll er ja größer werden. Melanie Griffith macht wohl ständig dran rum, ihrer ist riesig. Wie auch immer, Jas hat mir die ganze Geschichte mit Tom erzählt, und dass sie jetzt plötzlich als Durchlauferhitzer verschrien ist. (Anmachen, aufheizen, abstellen – kalt.)

»Er war traurig und gleichzeitig böse«, sagte Jas. »Er hat gesagt, er sei der Meinung gewesen, wir würden gut zusammenpassen.«

Sie sah aus, als würde sie gleich wieder losheulen, deshalb legte ich ihr den Arm um die Schulter, nahm ihn aber schnell wieder weg – damit das Gerücht von wegen Lesbe nicht wieder aufflammt. »Jas«, sagte ich, »es gibt doch so viele andere Jungs. Du hast was Besseres als einen Gemüsehändler mit einem Arsch von größerem Bruder verdient.«

22:00 Du lieber Gott, Jas ruft schon wieder an. Ob sie wohl das Richtige getan hat? Und so weiter und so fort... Muss sie mit jemand anderem verkuppeln.

Donnerstag, 19. November

20:00 *Molto dramatico!!*
In Bio hatten wir heute eine Ersatzlehrerin. Nein, ich meine nicht Ersatz, ich meine Reserve, nein, das auch nicht, ich meine ... na ja, eine Referendarin eben. Sie war total nervös und sehr kurzsichtig und wir alle hatten irgendwie die Kicheritis, wie es eben manchmal ist, und konnten nicht aufhören zu lachen. Die Referendarin, Miss Idris, hat mich gebeten Pipetten zu verteilen oder so, und ich versuchte aufzustehen. Aber Ellen und Jule hatten die Bänder von meinem Biokittel an die Schubladengriffe geknotet.

Sie machten sich nass vor Lachen und waren nicht im Stande, die Knoten wieder zu lösen. Ich brauchte eine Ewigkeit, um mich zu befreien. Dann hat Rosie ein Briefchen geschrieben: *Achtung, an alle – Operation »Pultwandern«. Jedes Mal, wenn Miss Idris was an die Tafel schreibt, schieben wir unsere Bänke ein paar Zentimeter zurück, aber gaaanz leise.*

Am Ende der Stunde, als sie sich umdrehte, saßen wir alle dicht gedrängt vor der hinteren Wand und zwischen ihr und uns war ein drei Meter breiter Graben. Wir brachten vor Lachen keinen Ton raus. Sie hat nur durch ihre Brille geblinzelt und nichts gesagt.

Dann ist es passiert. Jas und ich kamen zum Schulhoftor und Robbie stand da. Einen Moment lang dachte ich, ihm sei wohl plötzlich klar geworden, dass er sich nach MIR, MIR, MIR sehnte und nicht nach Miss Dumbo-Ohren, aber er sah mich total GIFTIG an, als ich vorbeiging. Ich sagte zu Jas: »Hast du das gesehen? Was hat er nur gegen mich? Na gut, er hat meinen Schlüpfer gesehen, aber das ist doch kein Kapitalverbrechen.«

Jas wurde ein bisschen rot. Ich fragte: »Verheimlichst du mir was?«

Und da sprudelte sie ganz hastig hervor: »Äh, na ja, vielleicht. Ich glaube, er ist ein bisschen sauer, weil Tom so unglücklich ist, dass wir nicht mehr miteinander gehen, und ich gesagt habe, dass du ein Grund dafür bist, weil ich mit dir geredet hab und du gesagt hast, dass ich doch nicht mit jemand aus 'nem Obst- und Gemüseladen gehen sollte, weil ich was Besseres verdient hätte. Schließlich hast du das ja auch gesagt.«

Ich packte sie an ihrer Schulkrawatte: »Du hast WAS gesagt???«

Sie klapperte nur nervös mit den Lidern und wurde abwechselnd rot und blass.

Mitternacht ICH FASS ES NICHT. Meine so genannte beste Freundin stößt mir den Dolch in den Rücken. So was ist in den Fünf-Freunde-Büchern nicht ein einziges Mal vorgekommen. Kein Wunder, dass Robbie mir die kalte Schulter zeigt.

Montag, 23. November

16:15 Schrecklicher Tag. Jackie machte den »Vorschlag«, dass wir was anstellen sollten, um die Deutschstunde zu überstehen, während Herr Kamayer sich damit verlustierte, an der Tafel Verben zu konjugieren. (Deutsch ist doch eine doofe Sprache – man muss bis zum Satzende warten, um rauszufinden, was das Verb ist. Aber meine Haltung ist inzwischen: Wen juckt's? Ich finde, ich sollte Dad Vater nennen und Mum Mutter, mal so zur Abwechslung. Kurz Vati und Mutti.)

Also, Jackie schlug vor, wir sollten uns gegenseitig Punkte geben für unser Äußeres. Auf der Liste standen: Haut, Haar, Augen, Nase, Figur, Mund, Zähne. Jeder sollte eine Liste schreiben mit seinem Namen darüber und dann weitergeben, damit jeder jeden bewerten konnte. Jackie, Alison, Jas, Rosie, Jule, Ellen und Beth Morgan machten mit. Ich hatte eigentlich keine Lust, aber man sagt einfach nicht Nein zu Jackie. Ich gab jedem mehr oder weniger Topnoten für alles ... selbst angesichts offensichtlicher schwer wiegender Mängel. Zum Beispiel Beth, ich gab ihr sieben Punkte für die Zähne – meine logische Überlegung war, dass sie ganz nett aussehen könnten, wenn die Schneidezähne wieder reinwuchsen, man kann ja nie wissen. Alle Punkte wurden anonym verteilt. Danach hat jeder seine Liste zurückbekommen.

Meine sah so aus:

Haut	7	8	8	7	8	8	7
Haar	8	8	8	8	8	8	8
Augen	7	8	8	8	8	8	8
Nase	4	3	3	0	4	4¼	4
Figur	7	6	7	7	7	7½	7
Mund	6	6	6	6	5	6⅓	6
Zähne	8	8	9	9	8	9	9

Jemand hat mir 'ne Null für die Nase gegeben!!! Ich hab von allen die schlechtesten Noten gekriegt. Das Schönste an mir sind die Zähne! Jas hatte fast durchweg Achten für alles, deshalb legte sie diese wirklich entnervende Haltung an den Tag, die Leute annehmen, wenn sie eine gute Note bekommen haben und jetzt sozusagen »nett« sind zu denen, die nicht so gut abgeschnitten haben. Wir verglichen unsere Noten auf dem Heimweg.

»Du hast mehr Pluspunkte für den Mund als ich, Jas. Was stimmt nicht mit meinem? Warum ist deiner so viel besser? Hast du mir sechseindrittel gegeben? Sieht doch nach deiner Handschrift aus.«

Jetzt wand sie sich ein bisschen. »Echt…? Nein, ich glaube nicht.«

Dann hatte ich sie aber. »Also, wenn es nicht deine ist, dann hast du mir sogar noch weniger Punkte gegeben.«

Sie nahm alles zurück. »Ach so, doch, genau, das ist meine Schrift.«

Ich kochte. »Was stimmt nicht mit meinem Mund?«

»Er ist okay, deshalb hab ich dir sechseindrittel gegeben.«

»Aber das ist nur durchschnittlich.«

»Also, ich hätte dir bestimmt mehr gegeben. Wenn er nämlich zu ist, hat er eindeutig sieben oder acht verdient.«

»Wenn er zu ist?«, fragte ich drohend.

Jas war rot wie zwei Tomaten. »Na ja, ich musste ja alles einbeziehen. Weißt du, wenn du lachst…«

»Was ist, wenn ich lache?«

»Also, wenn du lachst, weil doch dein Mund so groß ist…«

»Weiter…«

»Also, er reicht von einem Ohr bis zum anderen und deine Nase wird noch breiter.«

19:00 In meinem Zimmer vor dem Spiegel. Übe zu lachen, ohne dass es meine Nase breiter macht. Nicht zu schaffen. Darf nie mehr lächeln.

20:00 Jas angerufen.
»Jas, für meine Figur hast du mir nur siebeneinhalb gegeben und ich dir acht für deine.«

»Und?«

»Ich hab dir nur acht gegeben, weil du meine Freundin bist.«

»Und ich hab dir auch nur siebeneinhalb gegeben, weil du meine Freundin bist. Ich wollte dir eigentlich sieben geben.«

Mitternacht Wie kommt Jas eigentlich dazu, mir für meine Augen nur – wie viel war das noch? – acht zu geben? Ich hab ihr acht gegeben und sie hat langweilige braune Augen.

1:00 Das kann nur die blöde Beth Morgan gewesen sein, die mir vier, drei oder null für die Nase gegeben hat. Ich hab ihr für ihre sechseinhalb gegeben und dabei bin ich noch echt großzügig gewesen.

Es bringt einfach nichts, nett zu sein.

Donnerstag, 26. November

21:00 Vati hat heut 'ne Bombe platzen lassen – er macht eine Reise nach NEUSEELAND, weil M und D überlegen, auszuwandern!

Warum erzählen sie mir das überhaupt? Geht mich doch nichts an.

In dem Augenblick, als ich gerade zur Schule losstürzen wollte, bemerkte Vati: »Georgia, du hast es vielleicht noch nicht mitgekriegt, aber meine Firma streicht gerade viele Stellen.«

Ich erwiderte: »Sag bloß, Vati, du gehst doch nicht auf Stütze mit den ganzen Studenten und so? Verkauf doch deine Schürze, wenn du knapp bei Kasse bist.«

Montag, 30. November

16:20 Jas grämt sich noch immer wegen Tom. Wir müssen jetzt »seinen« Stadtteil umgehen. Hoffentlich fang ich nicht an durchzudrehen, Rosie hat mir nämlich erzählt, dass sie mit der Zungenspitze Sachen an ihren Gaumen malt. Ein Herz oder ein Häuschen zum Beispiel. Ich hab gesagt, sie spinnt, aber jetzt fang ich auch schon damit an.

17:00 Bin in den Jungen von nebenan gerannt, den ich bei dem Feuer kennen gelernt habe. Wir haben ein bisschen auf unserer Gartenmauer gesessen. Komisch, er ist der einzige Junge, bei dem ich nicht das Gefühl hab, ich muss mich für ihn auf der Stelle mit Make-up voll schmieren. Ich schüttle mir nicht mal das Haar ins Gesicht, damit es die eine Hälfte verdeckt (sprich, die halbe Nase). Dad sagt, wenn ich das weiter so mache, werde ich auf einem Auge blind, außerdem würde ich wie ein Pekinese aussehen. Was weiß der denn schon? Na ja, in Neuseeland geh ich ihm wenigstens nicht auf den Wecker.

Der Junge von dem Feuer heißt Mark und der Grund, warum ich bei ihm nicht befangen bin, ist wahrscheinlich der, dass er einen RIESIGEN Mund hat. Echt, wie Mick Jagger. Er ist ungefähr siebzehn und geht auf die Parkway, das ist die schlechte Schule. Er ist fußballverrückt und er und seine Kumpel spielen im Park. Ich glaube, ich hab sie schon mal gesehen, als ich Angus dort »versehentlich« spazieren geführt habe. Er sieht ganz nett aus (Mark, nicht Angus), trotz des Mundes. Er will Fußballprofi werden und muss irgendwo vorspielen. Als ich gegangen bin, hat er gesagt: »Bis dann.« Oh nein, nicht schon wieder die »Bis dann«-Masche.

21:00 Hab Mark und seine Kumpel die Straße runtergehen sehen. Er hat sich umgedreht und zu meinem Fenster hochgeschaut. Musste mich schnell ducken. Hoffentlich hat er mich nicht bemerkt, ich hab nämlich 'ne Avocadomaske drauf und mein Haar mit Tesa runtergeklebt, damit der Pony glatt bleibt. Wo er wohl hingeht? Er hatte Turnschuhe und 'ne Jogginghose an.

22:30 Hab Mutti und Vati streiten hören. Na super. Jetzt trennen sie sich womöglich noch und wollen beide das Sorgerecht für mich.

22:40 Wenn ich bei Mum bleibe, kann ich immer ihr Make-up benützen, ihre Klamotten und so, und sie kann ich meistens auch überreden, dass ich länger ausbleiben darf. Sie lacht über meine Witze und geht selbst viel aus. Andrerseits ist da noch Vati.

22:42 Sei's drum, Vati ade...

Dezember

Auftritt der Stiff Dylans

Dienstag, 1. Dezember

11:00 *Molto Exaltimento!* In der Foxwood-Schule findet eine Weihnachtsparty statt. Slim hat's bei der Morgenversammlung verkündet.

»Nun, Mädels, in der Foxwood-Schule gibt es ein Tanzfest, eine Weihnachtsfeier, am 12. Dezember ab halb acht.«

Ich und Rosie und Jas und Ellen machten alle so lange »Uuuuhhhh uhhhhhhi!«, dass Slim schließlich sagte: »Sachte, Mädels.« Dann fuhr sie fort. »Als besonderer Leckerbissen ist eine... Band angekündigt.« Wir fingen wieder mit unserem »Uuuhhh« an, aber Adlerauge starrte so finster herüber, dass wir aufhörten.

Ich überlegte mir, ob ich »Ein dreifach Hoch auf den Direktor von Foxwood und auf England!« rufen sollte, tat es dann aber doch nicht.

Slim war immer noch nicht fertig. »Die Band heißt: The Stiff Dylans.«

Mittagspause Konspiratives Treffen mit Jas bei den Getränkeautomaten. Jas fragte: »Was meinst du, sollen wir hingehen? Du weißt schon, Lindsay wird wahrscheinlich da sein und Tom könnte… Also, vielleicht kommt er mit 'ner anderen und dann säßen wir da wie…«

»Wie zwei alte Jungfern auf 'ner Hochzeit?«, schlug ich vor.

16:00 Die oberpeinlichste Geschichte aller peinlichen Geschichten des Universums ist heute Nachmittag in Reli passiert, in der Stunde von Miss Wilson, die man nicht gerade als normal bezeichnen kann (aber welche normale Person unterrichtet schon Reli?). Sie ist außerdem nicht vom Glück verwöhnt: rotes Haar, schlecht geschnitten, immer faltige Strümpfe und zu allem trägt sie jammervolle Strickjacken, die meistens auch noch schief zugeknöpft sind. In Sachen Aussehen ist sie also nicht gesegnet, aber was viel schlimmer ist: Sie hat überhaupt keine Persönlichkeit – gar keine – null.

Meistens redet sie nur und wir schreiben Briefchen oder feilen uns die Nägel. Letzten Sommer war Rosie mal so unbekümmert, dass sie ihre Beine mitten in Reli eingecremt hat. Es war so heiß, dass wir keine Strümpfe anhatten und Rosie legte die Beine aufs Pult und fing an Lotion draufzuschmieren. Also, das hat selbst Miss Wilson mitgekriegt. Ich weiß noch, dass sie sagte: »Rosie, du solltest dich besser zusammenreißen, und zwar schnell.« Wir fanden das urkomisch und haben noch Stunden danach gelacht.

Also, heute Nachmittag kam Miss Wilson aus irgendeinem Grund auf Körperhygiene zu sprechen. Ich schwöre, dass ich keine Ahnung habe, wie sie von der Religion zu diesem Thema kam. Vielleicht haben die Leute in hebräischen Vorzeiten jemand ausgestoßen, der lepramäßig stank. Keine Ahnung.

Wir horchten plötzlich auf, als sie sagte: »Ja, Mädels, ich weiß, wie die Person sich vorgekommen sein muss. Als ich jung war, hatte ich nämlich selbst ein Problem mit KG und die Leute haben mich gemieden. Ich habe mich nie gewaschen, weil ich eine arme Waise war …« Wir saßen betreten da und stierten auf unsere Pulte, während sie von ihrem Körpergeruch laberte… Es war FURCHTBAR. Nie war ich so froh, in die Sportstunde verschwinden zu können.

Schreiend rannten wir alle in die Duschen und wuschen uns wie verrückt. Miss Stamp hat nur so gestaunt, sie muss uns gewöhnlich drängen und anschreien, damit wir uns im Winter überhaupt umziehen. Sie kam rein und starrte uns beim Duschen verwundert an. Dann fiel uns ein, dass sie 'ne Lesbe ist, und wir rannten schreiend wieder raus aus den Duschen.

Die ganze Schule ist ein einziger Albtraum von Perversen. In einer Erziehungsanstalt wäre man da ja noch sicherer aufgehoben.

20:00 Jas ist gekommen und bleibt über Nacht. Wir bequatschten einen Plan für das Schulfest.

21:00 Hab aus dem Fenster geschaut, um festzustellen, ob wir den Nachbarn ins Schlafzimmer sehen können, weil ich wissen wollte, was Mr. Nebenan im Bett trägt. Jas meinte, einen Schlafanzug, aber ich glaube eher, ein Nachthemd.

Als wir so rausschauen, kommt Mark (Feuerknabe) mit einem Mädchen die Straße entlang. Unter einer Straßenlaterne blieben sie stehen, aber ich konnte nicht erkennen, wie sie aussieht, weil sie sich küssten. Nicht im Schatten oder so, direkt unter der Lampe. Wir mussten einfach zuschauen, und um 'ne bessere Sicht zu haben, kletterten wir auf die Fensterbank. Ziemlich eng, aber so konnten wir alles sehen. Dann hörte ich ein *Tapp, Tapp, Tapp* und Libby kam rein, mit ihrer Schmusedecke (oder Schmusi, wie sie sagt – es ist eigentlich keine Decke, sondern ein alter BH von Mum, aber sie mag ihn und rückt ihn nicht raus; das Ding muss mal weiß gewesen sein, aber jetzt ist es eklig grau). Sie entdeckte uns auf der Fensterbank und sagte: »Libby sehen.«

Ich erwiderte: »Nein, Libby, ich komm runter«, aber dann fing sie an: »Nein, nein, böser Junge, böser Junge… ich sehen«, und schlug mit ihrer Schmusi nach mir, dass ich sie schließlich hochziehen musste. Also echt, ich lass mich von einer Zweijährigen und einer schottischen Wildkatze schikanieren.

Ich hob sie herauf und sie kuschelte sich zwischen mich und Jas. Dann entdeckte sie das Paar unter der Laterne. »Au, guck mal, Mannfrau, Mannfrau! Hihihi.« Man konnte kaum erkennen, wo Mark aufhörte und das Mädchen anfing, aber es wurde deutlich, als Mark beim Küssen eine Pause einlegte und über ihre Schulter blickte. Direkt zu meinem Fenster hoch. Ich weiß nicht, ob er uns im Dunkeln erkennen konnte, aber wir kletterten so schnell von der Fensterbank, dass wir aufs Bett fielen. Libby sagte: »Au ja, springen!!!«

Lieber Gott, mach, dass Mark nicht gesehen hat, wie wir spioniert haben.

8:30 Als wir aus dem Haus stürzten, sind Jas und ich fast mit Mark zusammengeprallt, der an der Ecke wartete. Jas (tolle Freundin) sagte, sie müsse noch kurz nach Hause und würde mich dann in der Schule sehen. Ich wurde ein bisschen rot und ging neben ihm her. Plötzlich fragte er: »Hast du eigentlich einen Freund?«

Ich war sprachlos. Wie soll man so was beantworten? Ich weiß es – die richtige Antwort ist eine Lüge. Also sagte ich: »Ich hab gerade 'ne heftige Sache hinter mir und lass mir ein bisschen Zeit.«

Er sah mich an. Er hat wirklich den größten Mund, den ich je gesehen habe. »Das bedeutet also: nein?«

Ich stand nur da und dann passierte die merkwürdigste Sache der Welt: Er berührte meine Brust!!! Ich meine nicht, dass er mir die Bluse aufgerissen hat, er legte einfach die Hand vorne auf meine Brust. Nur eine Sekunde lang, dann wandte er sich ab und ging weiter zu seiner Schule.

12:30 Was hat es zu bedeuten, wenn ein Junge einem die Hand auf die Brust legt? Heißt das, er ist megascharf? Oder war seine Hand einfach nur müde?

16:30 Warum zerbrech ich mir überhaupt den Kopf über die Angelegenheit? Keine Spur von Mark (dem Busengrapscher) auf dem Heimweg. Gott sei Dank.

16:45 Trotzdem sollte man doch annehmen, wenn ein Junge einem die Hand auf die Brust legt, dann will er sich auch mal verabreden.

17:00 Bin oben in meinem Zimmer und mache »Hausaufgaben«, da klingelt es. Ich lege die Zeitschrift weg und geh runter. Es war Mark. Er sagte: »Ich hab mit Ella Schluss gemacht, hast du Lust, mit mir zu den Stiff Dylans zu kommen?«

Ich sagte: »Äh, ja, äh, danke.«

»Okay, bis dann.«

18:00 Jas angerufen und ihr das von Mark erzählt. Ich sagte: »Und dann hab ich ›Äh, ja‹ gesagt und er hat gesagt: ›Okay, bis dann.‹«

»Bis dann – was meint er damit?«, fragte Jas.

»Keine Ahnung… Bis dann heute Abend oder bei dem Auftritt oder was«, erwiderte ich.

»Und, magst du ihn?«, wollte Jas wissen.

Ich dachte nach. »Weiß nicht so recht. Ich komm mir bei ihm wie 'ne Kobra vor, die so komisch in Trance gerät, wenn der Fakir seine Flöte spielt.«

»Was soll 'n das heißen?«, fragte Jas. »Du wackelst mit dem Kopf, wenn er sein Instrument spielt?«

Ich sagte: »Hör bloß auf, Jas. Sag mal, was hältst du denn von ihm?«

Jas überlegte. »Er hat einen riesigen Mund…«

»Ja, ich weiß«, unterbrach ich sie.

»… aber du ja auch«, beendete Jas ihren Satz.

Mitternacht O-oh. Was jetzt? Warum ist das Leben so kompliziert? Finde ich Mark nett? Warum habe ich Ja gesagt? Warum begreift Robbie nicht, dass Lindsay nichts als ein nasser Waschlappen ist? Grrrrrr. *Quel dommage!!! Merde.* Puh.

17:00 Mark hat mir eine Nachricht geschickt, find ich ganz süß, außer dass sie ganz schlecht geschrieben war:

Libe Georgia, bin bis Sammstag beim trening. Treff dich dann Sammstag um 8 am Rathauss. Mark.

Das wär's dann also. Ich hab keine Wahl. Ich muss mit ihm gehen.

21:00 Mum kommt ins Zimmer und sagt, ich soll zu einem »Gespräch« runterkommen. Ich hoffe nur, dass es nicht um Körperhygiene geht oder um Beziehungsprobleme zwischen ihr und Dad. Dad kommt mir ein bisschen nervös vor. Er lässt sich einen Schnurrbart stehen, total albern, sieht aus wie 'ne haarige Raupe, die auf seiner Oberlippe ein Schläfchen hält. Er sagt: »Sieh mal, Georgia, du bist jetzt eine junge Frau«, (was war ich bisher, ein junges Pferd?), »und ich finde, es sollte keine Geheimnisse geben zwischen uns«, (ganz im Gegenteil, Vati, du wirst nie ein Sterbenswörtchen von der Hand-auf-Brust-Geschichte hören, und wenn die Hölle gefriert!), »darum muss ich dir was mitteilen. Weil es so schwer ist, hier in England Arbeit zu finden, fliege ich direkt nach Weihnachten nach Auckland. Ich bleibe ein oder zwei Monate dort und sehe mich um und probier mal, ob es Stellen gibt. Und wenn ich mich eingelebt habe, kannst du mit Mum und Libbs nachkommen und ihr schaut mal, was ihr davon haltet.«

»Ich weiß, was ich von Neuseeland halten soll, ich hab die *Fliegenden Ärzte* angeschaut.«

Mum sagte: »Das spielt aber in Australien.«

Na und, geht's hier vielleicht um 'ne Familienkrise oder

um Erdkunde? »Was ich meine, Mutti und Vati, ist, dass es sehr weit weg ist. Ich komm nicht von dort, alle meine Freunde sind hier. Oder mit anderen Worten: Lieber lasse ich mich vom Erzbischof von Canterbury adoptieren, als meinen Fuß auf neuseeländischen Boden zu setzen.«

Wir stritten eine Ewigkeit – sogar Libby kam runter und machte mit. Sie hatte Angus ihren Schlafanzug angezogen, eine Mütze aufgesetzt und einen Schnuller ins Maul gesteckt. Keine Ahnung, wie sie das schafft. Wenn ich mit einer Mütze bloß in seine Nähe käme, würde er mir die Hand abbeißen.

Mitternacht Vati geht also nach Neuseeland. Das löst allerdings nicht das Problem, was ich zu dem Stiff-Dylans-Auftritt anziehen soll.

Freitag, 11. Dezember

14:40 In der Schule ist das Weihnachtsfieber ausgebrochen. Am Nachmittag in Physik haben wir alle silberne Geweihe getragen. Herr Kamayer versuchte gute Miene zu bösem Spiel zu machen und scherzte: »Ach ja, Jingle Bells und so weiter.« Zu dämlich. Und überhaupt, warum hat er so kurze Hosen an? Man kann meterweise käsige, haarige Haut sehen zwischen seinen Aufschlägen und den karierten Socken. (Ja, genau, mit Schottenkaro, das ist nicht erbärmlich, das ist obergrausig.)

20:00 Mutti und Vati ungewöhnlich still und nett zueinander. Hab gesehen, wie Dad in der Küche den Arm um Mum gelegt hat. Libby hat »Dingle Balls, Dingle Balls, dingle on the way« gesungen und Dads Augen sind ganz feucht geworden. Echt, ich hab schon gedacht, er fängt an zu weinen, was grässlich gewesen wäre. Er hat sie auf den Arm genommen und ganz fest geknuddelt. Da ist Libby ungehalten geworden und hat geschimpft: »Danz doßer böser Dad«, und ihm einen Finger ins Auge gestoßen, sodass er wirklich heulen musste.

Samstag, 12. Dezember

The Stiff Dylans

7:00 Mist, so früh wollte ich gar nicht aufwachen. Na, immerhin hab ich jetzt genug Zeit, um mich für heute Abend zurechtzumachen. Als Erstes will ich meine Yogaübungen abhalten, die ich bei meinem hektischen Zeitplan nie unterbringen kann.

7:20 Jetzt weiß ich, warum ich mich nie zu Yoga aufraffe, es ist zu anstrengend, deshalb. Nach der »Hundestellung« dachte ich schon, ich könnte nie mehr aufstehen. Ich leg mich noch mal ein paar Minuten hin und entspann mich mit einem erbaulichen Buch.

7:40 Nie wieder lese ich im *Tibetanischen Totenbuch.* Ich trete auch auf keinen Fall zum Buddhismus über, da kann man nämlich als Stabheuschrecke wieder geboren werden.

7:50 Tasse Milchkaffee und Toast, lecker, lecker. Mum hat eine neue *Cosmopolitan.*

8:10 Wieder ins Bett, um noch ein paar Minuten zu lesen. Aha. »Was Männer sagen und was sie tatsächlich meinen.«

9:30 Wenn ein Junge »bis dann« sagt, dann kann das bedeuten: »Lass mich in Ruhe, es war nett bisher, aber ich bin noch nicht für was Festes«, oder es kann heißen: »Bis dann.«

9:40 Ich werde mal Journalistin bei der *Cosmopolitan* – da kann man völlig unverständliches Zeug schreiben. Oder vielleicht werde ich ein Junge. Die sind auch völlig unverständlich.

10:00 Ich trage mein kurzes, schwarzes Lycrakleid. Jas hat schon fünfmal angerufen und sich jedes Mal für was anderes entschieden.

13:00 Rosie hat den Austauschstudenten von nebenan eingeladen, mitzukommen. Hab sie gefragt: »Meinst du, dass das eine gute Idee ist?«, und sie hat gesagt: »Er heißt Sven.« – »Eben«, hab ich geantwortet.

Rosie sagt, er sei »ulkig«, was immer das bedeuten soll. »Er kann kein Englisch, aber er ist riesengroß.«

Als ich sie fragte, wo er herkommt, sagte sie: »Ich weiß nicht. Dänemark, glaube ich. Er ist blond.«

Angeblich hat sie ihn zu den Stiff Dylans eingeladen, indem sie erst auf ihn und dann auf sich gezeigt und anschließend einen kleinen Tanz vollführt hat. Sie spinnt. Wir haben verabredet, zum Drogeriemarkt zu gehen, weil wir Parfüm für heute Abend brauchen, und da können wir uns mit den Testflaschen einsprühen und nur so tun, als wollten wir was kaufen.

16:30 Wieder daheim, in einer Wolke Palomo – hoffentlich verfliegt es wieder ein bisschen, weil mir die Augen davon tränen. Außerdem hab ich einen neuen Lipgloss, der die Lippen voller machen soll. Ich weiß gar nicht, ob das für mich so gut ist, vor allem, da ich ja mit Mark gehe. Ob für Lippen wohl das Gleiche zutrifft wie für den Busen? Ich meine, wenn man sie mehr einsetzt, werden sie dann voller?

17:00 Wenn die Lippen vom vielen Knutschen voller werden, was um Gottes willen hat Mark dann gemacht? Soll ich zulassen, dass er mich küsst? Was hat die Hand auf der Brust zu bedeuten? Will ich mit ihm gehen? Ich glaube, er ist nicht besonders helle, aber vielleicht ist er ja ein Superfußballer wie Beckham, und dann könnte ich ihn heiraten und in Luxus leben.

17:10 Aber dann stände ich dauernd in den Zeitungen. Ich müsste mir die Nase richten lassen. Ich müsste aufpassen, dass ich nicht lächle… Und wenn ich mal nicht dran denken würde? Man stelle sich vor, die Paparazzi würden mich beim Lächeln erwischen und meine Nase würde das ganze Gesicht verdecken – im *Daily Express*!

17:15 Ich kann ihn nicht heiraten, der Druck wäre unerträglich. Ich verlier mein ganzes Selbstvertrauen, während ihm der Ruhm zufliegt. Ich muss ihm heute Abend sagen, dass alles vorbei ist.

18:00 Mir ist ein bisschen schlecht. Ich hab 'ne Haarsträhne, die einfach NICHT sitzen will. Gleich schneid ich sie ab. Außerdem hab ich knochige Knie. Wenn ich Marks Frau bin, kann ich mir vielleicht eine Fetteinspritzung machen lassen (die man vielleicht von der Nase nimmt, dann wären es zwei Operationen in einem … schmalere Nase und rundere Knie in einem Abwasch mit der langen, spitzen Fettabsaugenadel … igitt, jetzt wird mir echt schlecht …).

19:30 Wenn ich doch nur mit Jas und Rosie zusammen gegangen wäre, in einer großen Clique. So bedeutet es, dass ich mit Mark reinkomme und alle glotzen und glauben, er wäre mein Freund.

Mitternacht Mein Leben – ich kann's nicht FASSEN! Wenn man das überhaupt noch Leben nennen kann … Wenn ich an heute Abend denke, möchte ich am liebsten den Rest davon im Bett bleiben.

Mark stand am Rathaus und rauchte … Er sah ganz okay aus. Als ich zu ihm trat, packte er mich und gab mir einen Kuss auf den Mund, ohne Umschweife. Ich war erstaunt und auch ein bisschen beunruhigt. Vielleicht kam ja gleich wieder die Hand an, um sich ein bisschen auf meiner Brust auszuruhen – nein, doch nicht.

Mark scheint nicht viel Worte zu machen – nach dem Kuss nahm er meine Hand und wir machten uns auf den Weg zu der Party. Es war ein bisschen blöd, weil ich nämlich etwas größer bin als er, ich musste die Schulter auf einer Seite runterziehen wie Quasimodo.

Kaum waren wir angekommen, ging Mark ein paar von

seinen Kumpeln begrüßen. Rosies Sven ist ein RIESE – ungefähr zweivierzig – mit Igelfrisur. Jas war ganz verträumt und sah bleich aus. Sie sagte: »Ich hab versucht auf magersüchtiges Model zu machen, so als ob ich die ganze Nacht gefeiert hätte. Ich will nicht, dass Tom denkt, ich trauere ihm nach.«

Der Saal war knüppeldick voll, Jungs auf der einen, Mädchen auf der anderen Seite. »Willst du nicht mit deinem Freund reden?«, fragte Jas.

In dem Moment kamen Tom und Robbie rein. Sie sahen uns und Robbies Blick fiel auf mich und er lächelte... Ich hatte ganz vergessen, was für ein Sexgott er ist. So muskulös und dunkel und hmmmmm. Ich lächelte zurück, mein normales Lächeln, weil ich in dem Augenblick nicht an meine Nase dachte. Da trat hinter mir Lindsay vor und ging auf Robbie zu. Ihr hatte er zugelächelt!!!

Mein Kopf wurde so heiß, man hätte ein Spiegelei drauf braten können. Robbie gab Lindsay einen Kuss auf die Wange. Sie hatte das Haar hochgesteckt und ihre Ohren überstrahlten alles. Brrr.

Robbie ging auf die Bühne und Tom stand allein rum, während die waschlappige Lindsay mit ein paar Tussis aus ihrer Klasse (zwei über uns) redete. Jas sagte: »Was meinst du, soll ich rüber und ein bisschen mit ihm reden?«

»Denk an deinen Stolz, Jas«, sagte ich, »sein Gemüse war ihm wichtiger als du.« In dem Augenblick kam ein dunkelhaariges Mädchen von den Toiletten her und trat zu Tom. Sie legte ihm die Hand auf den Arm und sie gingen zusammen weg.

Und es kam noch schlimmer.

Die Stiff Dylans fingen zu spielen an und Mark kam

rüber, packte meine Hand und zog mich auf die Tanzfläche. Seine Mick-Jagger-Imitation beschränkte sich nicht nur auf den Mund. Er tanzte wie ein Bekloppter und stolzierte mit den Händen auf den Hüften herum. Ich wäre fast gestorben. Dann zog Sven Rosie hinter sich her und machte mit. Sein Tanzstil war mehr Marke Donkosaken, mit In-die-Knie-gehen-und-die-Beine-Rausschleudern. Dann hob er Rosie hoch über den Kopf!!! Er wirbelte sie herum und rief dauernd: »O ja, o ja«, und Rosie bemühte sich verzweifelt, dass man ihr nicht unter den Rock sehen konnte.

Da konnte ich mich nicht mehr halten. Es war zu komisch... Jas, Ellen, Jule und ich lachten wie die Hyänen. Ich bekam einen Hustenanfall und musste aufs Klo rennen, um mich zu erholen. Gerade hatte ich mich beruhigt und streckte den Kopf um die Ecke und sah Sven rumtanzen, da ging es wieder los!

Dann wollte Mark langsam tanzen. Ich merkte es, weil er mich packte und nah an sich ranzog. Er war ganz knubbelig – klar, was ich meine? – und hatte den Mund an meinem Hals. Tanzen war noch schwieriger mit ihm als Händchenhalten. Ich musste ein bisschen in die Knie gehen, um mich »anzupassen«. Einmal schaute ich Robbie voll ins Gesicht. Er sah so cool aus. Verdammt, verdammt, *sacré bleu.* Obwohl ich ihn ja hasse und er ein aufgeblasener Angeber ist, liebe ich ihn vielleicht doch.

Dann hörte die Band zu spielen auf, um eine Pause zu machen, aber Mark schrie: »Spielt weiter.« Ein paar von seinen Kumpeln fingen auch an, dann stürmten sie die Bühne und Mark riss Robbie das Mikro weg. Er »sang« – ich glaube, es war »Jumpin' Jack Flash«. Robbie packte ihn an der Schulter und schon war eine heftige Schlägerei im

Gange. Mark und seine dämlichen Kumpel schlugen auf die Band los und dann fingen die Anhänger der Band an, auf sie einzuschlagen. Alle Mädchen kreischten.

Sven hob zwei Jungs auf einmal hoch und warf sie auf die Straße raus, und in dem Moment beschlossen Ellen, Jas, Jule und ich, die Fliege zu machen.

Also, ein entzückender Abend. Ich liege eingemummelt im Bett, mein »Freund« ist ein Hooligan, davor hatte ich einen »Freund« namens Schneckenjüngling. Der Junge, den ich mag, hasst mich und geht lieber mit einem nassen Waschlappen mit abstehenden Ohren …

PS: Mein so genanntes Schoßtier hat mich angefaucht, als ich völlig aufgelöst heimkam.

PPS: Am Fußende hab ich eine versteckte feuchte Windel von meiner Schwester entdeckt.

Sonntag, 13. Dezember

17:00 Keine Spur von Mark – zum Glück. Bin den ganzen Tag im Haus geblieben und hab gelesen. Mum und Dad sind ausgegangen – auf einmal unternehmen sie was zusammen, völlig unnatürlich! – und ich muss auf Libby aufpassen. Macht nichts, da ich sowieso nie mehr ausgehe.

18:00 Libby hat mich aufgeheitert, indem sie gespielt hat, sie wäre Angus. Sie rollte sich in seinem Körbchen zusammen und versteckte sich knurrend hinter dem Vorhang. Als sie sein Futter essen wollte, musste ich das Spiel dann allerdings beenden.

18:15 Jas hat angerufen: »Ich finde niemals einen Freund. Vielleicht werd ich Tierärztin.«

18:20 Noch mal Jas. »Findest du, dass ich total hässlich bin?«

18:30 Rosie hat angerufen. »Hab Sven nach Hause geschleppt, bevor die Polizei kam. Er hat mir einen Ilexzweig geschenkt.«

»Wozu das denn?«, fragte ich und sie meinte: »Keine Ahnung, vielleicht ist das ein dänischer Brauch.«

19:15 Jule hat angerufen. »Jemand hat behauptet, sie habe gesehen, dass Lindsay in der Schule einen Verlobungsring trägt.«

20:00 Super. Es klingelte an der Tür, aber ich hab Libby überredet ganz still zu sein und so zu tun, als wären wir nicht da. Keine Nachricht oder so.

Hab die Nase voll, bin niedergeschlagen und hungrig.

21:00 Hab die Nase voll, bin niedergeschlagen und mir ist schlecht. Mein Speiseplan war:

2 Mars, Toast, Milchkaffee, verdünnter Johannisbeersirup, Cola, Toast, Cornflakes und Honigsmacks.

22:00 Gehe ins Bett. Hoffentlich wach ich nie wieder auf.

Montag, 14. Dezember

8:30 Bin auf dem Schulweg fast mit Mark zusammengestoßen, konnte mich aber Gott sei Dank noch rechtzeitig verstecken.

9:45 Slim war außer sich über den Stiff-Dylans-Vorfall: Sie zitterte wie Espenlaub.

»Ich hoffe nur inständig, dass nicht eins meiner Mädchen irgendwas mit den Hooligans zu tun hat, die sich auf dem Tanz wie die Bestien benommen haben…«

Rosie sah zu mir rüber und schob die oberen Schneidezähne über die Unterlippe wie ein Hamster. Ich weiß nicht, wieso, aber das hat mich so zum Lachen gebracht, dass ich meinte, ich würde gleich ersticken. Ich musste so tun, als hätte ich einen Hustenanfall und zog mein Taschentuch raus.

Jas war nicht in der Schule. Wo sie wohl steckt? Vielleicht hat sie »Besuch von ihrer Tante«, ihr wisst schon. Rosie redet nur noch von Sven: Sven hat dies, Sven sagt das. »Geht ihr jetzt zusammen?«, fragte ich und sie wurde ein bisschen rot und erwiderte: »Nee, ich glaube nicht, dass wir ausgehen oder so. Er hat mir nur einen kleinen Ilexzweig geschenkt.« Aber wie ich schon sagte, das kann in Dänemark doch was weiß ich bedeuten.

Ach du Schreck. Jackie und Alison, die Horrorzwillinge, haben wieder einen Racheakt vor. Sie schickten Briefchen rum, dass sie uns Donnerstagmittag bei der Kantine treffen wollen, um, wie sie es nennen, das »Neueste« zu verkünden.

16:30 Nachricht von Mark, als ich aus der Schule kam. *Georgia, hab dich gestern Abbend gesucht. Komm heute Abbend um 10 zur Tehlefoncelle. Mark*

21:50 Wenn ich nicht gehe, seh ich ihn ja doch nur auf der Straße…

Ich rief M und D zu (die den Abend SCHON WIEDER zusammen verbringen): »Ich geh mal kurz mit Angus spazieren.«

Dad schrie: »Lass ihn aber nicht in die Nähe von dem Pudel.«

Musste Angus vom Haus der Nachbarn wegzerren, sonst hätte er den Pudel noch angefallen. Dabei kriegt er sowieso schon vier Dosen Katzenfutter am Tag. Wenn er noch größer wird, sagt Mum, dann gibt sie ihn im Zoo ab – als ob die gerade auf ihn warten.

22:00 Mark rauchend an der Telefonzelle. Hat mich nicht kommen sehen – kaum verwunderlich, Angus hatte mich hinter eine Hecke gezerrt, weil er hinter einer Katze her war. Ich hab ihn dann an einen Torpfosten gebunden. Versteckt hinter der Hecke konnte ich Mark sehen und ihr kennt das vielleicht, wenn man so einen lichten Moment hat, wo man weiß, was man tun muss. Nein? Nein, ich auch nicht… aber immerhin überlegte ich mir: Ich muss mit Mark Schluss machen, es wäre sonst unfair. Ich werde sagen: »Hör mal, Mark, ich mag dich und du musst nicht denken, dass es an dir liegt, es liegt an mir. Ich glaube einfach, ich könnte dich nicht glücklich machen, wir sind zu verschieden. Ich halte es für das Beste, dass wir auf der Stelle Schluss machen, bevor wir uns wehtun.«

Ich ging also auf ihn zu. Er stand halb im Schatten und er warf seine Zigarette weg, als er mich sah. Ich öffnete den Mund, um zu sprechen, und er küsste mich einfach auf den offenen Mund. Und wenn ich nun ein Pfefferminz gelutscht hätte? Ich hätte doch dran ersticken können! Außerdem steckte er seine Zunge in meinen Mund, was etwas überraschend kam... und dann noch mal!!! Und er legte die Hand auf meine Brust! Was sollte ich jetzt machen? Busenunterricht hatte ich ja noch nicht. Meine Arme hingen wie bei einem Orang-Utan schlaff an den Seiten runter, da fiel mir ein, dass der Schneckenjüngling gesagt hatte, man solle die Arme um die Taille legen, also tat ich das. Mark hatte eine Hand auf meiner Brust, die andere auf meinem Po. Aber gerade, als ich dachte, und wie weiter mit den Händen?, hörte er auf mich zu küssen.

War jetzt der Moment gekommen, um ihm zu sagen, dass Schluss sei?

Er sagte: »Hör mal, Georgia, nicht, dass du das persönlich nimmst, aber, äh... ich glaube, du bist zu jung für mich. Ich gehe wieder mit Ella, weil sie mich Sachen machen lässt mit ihr. Tut mir Leid, bis dann.«

Mitternacht Bis dann? Mark hat es gewagt, mit mir Schluss zu machen, als ich gerade mit ihm Schluss machen wollte! Ich steh nie wieder auf. Ella lässt ihn Sachen machen... was für Sachen? Beide Hände auf die Brust?

8:10 Ich sagte Mum, ich würde nicht zur Schule gehen und auch nicht aufstehen. »Warum nicht?«, fragte sie.

Und wider besseres Wissen erzählte ich es ihr. »Jemand hat mit mir Schluss gemacht, jemand, den ich nicht mal mochte. Ich wollte mit ihm Schluss machen, aber ich bin gar nicht so weit gekommen.«

Sie setzte sich auf die Bettkante. »So ein Pech. Es ist immer schlimm, wenn jemand mit einem Schluss macht. Aber sieh's mal von dieser Seite: Du bist genau da, wo du sein wolltest – wieder ungebunden und frei. Und du hast zehn Pfund zum Ausgeben.«

Ich murrte vor mich hin. »Ja, ja, typisch, dass du das sagst. Du weißt nicht, wie empfindlich ich bin und wie verletzlich, und es dauert eine Ewigkeit, bis ich über was weg bin und... Was hast du da von zehn Pfund gesagt?«

Die verrückte Tante Kathy hatte mir ein verspätetes Geburtstagsgeschenk geschickt... Hurra!

15:30 Hab mir heute nicht mal die Mühe gemacht, Make-up aufzulegen, es ist egal – ich geb den Versuch auf, Jungs zu bezirzen. Aus und vorbei mit »bis dann«. Ich lass mir einfach Zeit und werde erwachsen und konzentrier mich auf meine Arbeit, damit ich eine gute Stelle bekomme und so.

16:18 Schreck, oh Schreck! Robbie stand am Tor... Hat bestimmt auf seine Verlobte gewartet. Bin vorbeigegangen und hab so getan, als würde ich ihn nicht mal sehen. Aber er sprach mich an. »Du hast vielleicht reizenden Umgang.«

Ich musste einfach stehen bleiben, ich kochte vor Wut. Ich wollte was ganz Geistreiches und Verletzendes sagen. Etwas, das ihm zeigte, dass er bei mir aufpassen musste. Daher sagte ich: »Mir scheint, du verwechselst mich mit jemandem, der sich für deine Sprüche interessiert.« Und marschierte weiter.

17:30 Jawollll!!! Ha!! Dreimal Ha und jawollll!!! Zweifach Ha mit Bindestrich!!!

22:00 Vati hat mir auf einer Karte gezeigt, wo er hinfliegt. Angeblich gibt es in der Gegend die heftigsten geothermalen Aktivitäten der Erde. Erdbeben und Vulkane und Lava, die aus der Erde schießt, und Geysire und Flüsse mit heißem Wasser. Ich frage mich, ob er noch zu retten ist (nicht zum ersten Mal). Mein Vati ist ja nicht mal hier ein Draußentyp, er ist schon erschöpft, wenn er aus dem Sessel aufsteht oder seinen Schnurrbart stutzt. Das endet doch nur mit Tränen – und zwar mit seinen. Mutti klebt die ganze Zeit an ihm. Es ist grotesk. Als Nächstes krieg ich plötzlich wieder eine kleine Schwester oder einen Bruder. Igitt. Nicht auszudenken.

Mittwoch, 16. Dezember

13:30 Jas noch immer nicht aufgetaucht. Will sie nach der Schule besuchen.

16:15 Bei Jas hat keiner aufgemacht.

18:30 Bei Jas angerufen. Ihre Mutter sagte, sie könne nicht ans Telefon, es ginge ihr nicht gut. Ich fragte: »Hat sie Grippe?«, und ihre Mutter meinte: »Ich weiß nicht recht, sie isst nichts.«

Isst nichts. Jas. Jas isst nichts. Dann steht es schlecht.

»Was«, fragte ich, »nicht mal Honigsmacks?«, und ihre Mutter sagte: »Nein.«

Es steht noch schlechter, als ich dachte.

Donnerstag, 17. Dezember

10:00 Wieder keine Jas. Allmählich wird es lächerlich.

13:30 Das »Neueste« von Jackie und Alison ist so dämlich, dass es zum Himmel schreit. Wir mussten alle raus in die Eiseskälte hinten bei den Tennisplätzen … Ich war überrascht, dass Jackie überhaupt weiß, wo sie sind. Ich glaube kaum, dass sie jemals auch nur in der Nähe der Sportplätze war. Dann rückte Jackie damit raus, worum es ging. »Okay, das macht man so. Man hockt sich hin, so, dann atmet man ganz heftig ein und aus und dann steht man auf und fängt zu laufen an.«

»Wozu soll das gut sein?«, fragte ich. Sie sah mich nur an und zündete sich eine Kippe an. Nuttig, oder was? Sie hatte einen riesigen Pickel auf dem Kinn, der sah wie 'ne zweite Nase aus. Kein Wunder, dass ihre Haut so schlecht ist, sie hat wahrscheinlich Make-up draufgeschmiert, seit sie fünf ist.

Sie blies mir den Rauch ins Gesicht und sagte: »Wenn man dann losrennt, wird man ohnmächtig.«

Selbst Rosie, die im Allgemeinen nicht viel zu Jackie

sagt, konnte nicht anders, sie wiederholte: »Man wird ohnmächtig?«

Jackie zog an ihrer Kippe, als würde sie sich mit den wirklich Bescheuerten einlassen. Sie erwiderte nichts, daher fragte Rosie schließlich: »Und dann?«

Und jetzt rückte Jackie damit raus. »Also echt, ihr Döspaddel, denkt doch mal nach, wie nützlich es sein kann, im richtigen Moment ohnmächtig zu werden... In der Versammlung: umkippen, rausgebracht werden. In Physik, wenn man die Hausaufgaben nicht gemacht hat: umkippen, rausgebracht werden... In Sport... Egal, wo.«

Rosie ist ja nicht behämmert, deshalb wies sie Jackie auf etwas hin. »Und du glaubst, es fällt nicht auf, wenn wir uns in der Versammlung oder in Physik hinhocken und heftig atmen und dann losrennen?«

Jackie trat drohend auf Rosie zu und sie ist ziemlich groß. Ihr Busen ist gewaltig und sie hat kräftige Arme.

22:00 Fühle mich immer noch ganz schwummrig. Nie, nie wieder mach ich etwas, was Jackie oder Alison vorgeschlagen haben, und damit basta. Diese dämliche Ohnmachtsgeschichte hat mir den Rest gegeben. Ich hab heftig geschnauft und bin dann aufgestanden und losgerannt und hab mich tatsächlich ziemlich benommen gefühlt, aber dann wurde mir richtig schwummrig, als ich nämlich in Mr. Attwood rannte, der gerade aus seinem Kabuff kam. Hab mir vielleicht das Schienbein gebrochen. Elvis hat leider nichts abbekommen.

Freitag, 18. Dezember

19:30 Jas hat die ganze Woche gefehlt. Jetzt mach ich mir echt Sorgen um sie. Sie will nicht mit mir telefonieren. Selbst als ich vorgegeben hab, der Weihnachtsmann zu sein.

Freitag, 25. Dezember

10:00 Fröhliche Weihnachten, alle miteinander!!! Mein abwechslungsreicher Tag fing um Viertel nach fünf morgens an, als Libby reinkam, um mir ihr Geschenk zu geben, etwas aus Knetmasse, das schreckliche, verdächtig wirkende braune Teilchen drinhatte. Sie sagte: »Wichser-Angus' Baby… ei«, und steckte es mir unter die Decke.

Da wir ein bisschen »knapp bei Kasse« sind, wie Vati es ausdrückt (meiner Meinung nach nur, weil er es nicht schafft, seinen Job zu halten, ich hab aber nichts gesagt, damit ich das Weihnachtsfest nicht noch mehr verderbe), gab's keine teuren Geschenke. Mum und Dad schenkten mir CDs und Make-up und Leggins und Turnschuhe und Unterwäsche und einen Duft und ich hab Dad eine schöne Bartbinde gebastelt, die er bestimmt in Ehren hält.

Mum hab ich selbst gemischte Kosmetik geschenkt, aus Eigelb und so. Sie hat die Gesichtspackung gleich ausprobiert und einen leichten Ausschlag gekriegt, aber ihr Teint sah immerhin rosiger aus.

Libby hab ich ein Feenkostüm gemacht, aber das war ein großer Fehler. Sie hat den ganzen Tag damit zugebracht, uns zu verwandeln, indem sie mit dem Zauberstab auf uns einschlug. Ich musste eine Stunde lang ein »niedliches Schweineferkel« sein. Kann keine Wurst mehr sehen.

Jas hat angerufen, aber sie wagt sich noch nicht raus – also kein Entrinnen vom »frohen Fest« im Familienkreis.

Angus hat mit seiner Silberpapierkrone so hübsch ausgesehen, aber dann hat sie ihn wohl genervt und er hat sie aufgefressen. Als wir unser Weihnachtsmahl aßen, machte Mum ihm in seinem Schälchen eine Maus aus Katzenfutter. Er biss ihr den Kopf ab und setzte sich dann drauf. Weiß der Himmel, was in so einem Katzenhirn los ist.

Vielleicht werde ich nächstes Jahr eine Newage-Anhängerin. Ich lass die Familie Familie sein und feier die Wintersonnenwende in Stonehenge und tanz mit den Druiden. Kann auch nicht langweiliger sein, als Dad dabei zuzusehen, wie er die neue elektrische Zahnbürste ausprobiert. Allerdings gab es einen lustigen Moment, als sich das Ding in seinem Schnurrbart verfing.

Samstag, 26. Dezember

Mittag *Quel dommage!* M und D haben mich selbstsüchtig dazu verdonnert, auf Libby aufzupassen, da sie »den letzten Abend« miteinander verbringen möchten. Dad fliegt am 29. nach Whangamata – schluchz – und als tolle Entschädigung führt er Mum – ins Pub aus! Mit Onkel Eddie! Wenn ich Mum wäre, hätte ich einen Unfall vorgetäuscht oder zur Not sogar einen echten Unfall gehabt. Ein gebrochener Knöchel ist doch ein Klacks, wenn man dafür der Onkel-Eddie-Version von einer Sause entgehen kann.

22:30 Mum und Dad sind kichernd und lärmend zurückgekommen. Sie waren betrunken. Ich lag im Bett und VERSUCHTE zu schlafen, aber sie nehmen ja keine Rücksicht. Ich konnte hören, wie sie zu einem dämlichen Lied rumtanzten. Ätzend.

Dann kamen sie raufgeschlichen und machten richtig laut »Pschscht!«. Mum stieß einen kleinen Schrei aus, als sie in mein Zimmer kam, weil Libby bei mir im Bett lag, aber verkehrt rum eingeschlafen war, deshalb waren ihre Füße neben meinem Kopf auf dem Kissen. Mum trug sie in ihr eigenes Bett. Aber dann, Schockschwerenot: DAD STRICH MIR ÜBERS HAAR. Ich stellte mich noch schlafender als vorher.

Sonntag, 27. Dezember

11:00 M und D immer noch im Bett. Ich bring ihnen jetzt ihre süße kleine Tochter Liberty auf einen Plausch ins Zimmer.

14:00 Sie gehen aus. Dad hat mir einen Fünfer gegeben, damit ich auf Libby aufpasse.

Dienstag, 29. Dezember

8:00 Vati ist abgereist. Ich muss zugeben, dass ich sogar ein bisschen weinen musste. Er verließ uns in Onkel Eddies Seitenwagen. Wir winkten ihm alle nach. Er hat gesagt, er ruft an, wenn er in Whangamata ist. Der Flug dauert zwei Tage – man stelle sich vor! Liegt wahrscheinlich daran, dass es auf der anderen Seite der Erde ist. Mum ist ganz niedergeschlagen und weinerlich. Hab ihr ein Milky Way gekauft. Da hat sie erst recht geweint, ich mach es lieber nicht mehr. Libby hat in ihre Angus-Schüssel geweint.

Januar

Die geplatzte Badehose

Freitag, 1. Januar

11:00 Gute Vorsätze:
Will ein viel netterer Mensch werden, bei Leuten, die es verdienen.

Will mich um meine Zukunft kümmern.

Will zu Mr. und Mrs. Nebenan freundlich sein.

Will weniger oberflächlich und eitel sein.

Will mich mehr auf meine Vorteile besinnen, statt auf den Nachteilen rumzureiten, sprich, will weniger an meine Nase und mehr an meine recht hübschen Zähne denken.

Samstag, 2. Januar

11:30 Endlich! Jas hat sich gemeldet. Sie hat vielleicht Pfeiffersches Drüsenfieber. Ich binde mir ein Halstuch über Mund und Nase, wenn ich sie besuche, für alle Fälle. Pfeiffersches Drüsenfieber kriegt man angeblich vom Küssen. Die ganze Küsserei wächst sich zum Albtraum aus – mal eine geheimnisvolle Hand auf der Brust, mal dick angeschwollene Drüsen. Zölibat oder ein dicker, fetter Hals, das sind die grausigen Alternativen. Ob Slim ihre dicken Beine wohl von zu viel Küssen im Fußbereich hat? Igitt! Jetzt wird mir echt schlecht. Bin viel zu elend, um einen Krankenbesuch zu machen. Muss sofort ins Bett.

Nein… Jas braucht mich. Ich muss einfach versuchen, nicht die gleiche Luft einzuatmen wie sie.

16:00 Nun durfte ich Jas also endlich sehen. Sie ist ganz blass und dünn und liegt einfach da. Ihr Zimmer ist aufgeräumt, was ein schlimmes Zeichen ist, und sie hat den Spiegel mit der Vorderseite zur Wand gedreht. Sie hat nicht mal die Augen geöffnet, als ich reinkam. Ich setzte mich auf die Bettkante.

»Jas, was machst du denn für Sachen? Was ist los? Komm schon, erzähl es mir, deiner besten Freundin.«

Schweigen.

»Na, los, Jas, was es auch ist, du kannst es mir anvertrauen.«

Schweigen.

»Ich weiß schon, was los ist. Nur weil jeder außer der grässlichen P. Green und der haarigen Kate einen Freund hat – oder schon mal richtig geküsst worden ist –, denkst du, dass mit dir etwas nicht stimmt. Stimmt's?«

Schweigen. Ich wurde ein bisschen ungeduldig. Schließlich versuchte ich ihr zu helfen und ich hab ja auch meine Probleme. Ich bin zum Beispiel quasi verwaist… und muss Ersatzmutter spielen. Ständig geht es: »Kannst du auf Libby aufpassen?«, seit uns Dad auf so egoistische Weise verlassen hat und auf der anderen Seite der Erde sitzt. Was weiß Jas schon von Sorgen? Hat sie ihre kleine Schwester etwa mit ins Schwimmbad genommen? Nein, sie hat nicht mal 'ne kleine Schwester. Ist etwa ihrer kleinen Schwester die Badehose oben auf der Rutschbahn am Kinderbecken explodiert? Nein. Hat es überhaupt einen Sinn, den Versuch zu machen, Mum zu erklären, dass Libby jedes Mal nach Bohnen in Tomatensoße Poprobleme hat? Nein, absolut nicht. Die Badehose war nicht gemacht für Libbys explosionsartige Entleerung, die sich über die ganze Rutschbahn und die Kinder drum herum verteilte. Weiß Jas vielleicht, was es bedeutet, mit ansehen zu müssen, wie die schluchzenden Kleinen an ihren Schwimmflügeln aus dem Becken gezerrt werden mussten? Nein. Weiß sie, wie man sich fühlt, wenn man seine kleine Schwester abduschen muss, um dann ein schändliches Spießrutenlaufen über sich ergehen zu lassen, vorbei an den Müttern und ihren Kleinen und an den Bademeistern mit Gesichtsmasken und Schrubbern? Kann ich mir nicht vorstellen. Ich musste es mit Fassung tragen, wie jemand, der alles mit Fassung trägt. Also, warum kann Jas das nicht auch?

Das alles erzählte ich Jas natürlich nicht, aber ich nahm einen bestimmten Ton an. »Komm schon, Jas, so schlimm können geschwollene Drüsen doch nicht sein.«

Ich musste mich über sie beugen, so leise antwortete sie: »Ich hab keine geschwollenen Drüsen. Ich glaube nur, ich krieg nie einen Freund, nicht einer hat mit mir getanzt. Tom war meine einzige Chance und er zieht seine Zwiebeln vor.«

Aha, die Zeit war reif für all das Zeug, das ich in Mums Ratgeber *(Angst verspüren und bewältigen)* gelesen hatte. Ich holte den Spiegel von der Wand und hielt ihn Jas vors Gesicht. »Schau in den Spiegel, Jas, und liebe die Person, die du siehst. Sag: Ich liebe dich.«

Jas schaute in den Spiegel – sie konnte gar nicht anders, er war nur etwa drei Zentimeter von ihrer Nase weg. Ihr wurde fast schlecht. »Igittigitt, ich seh ja furchtbar aus.«

Sie begriff die Methode nicht. »Jas, Jas, liebe dich selbst«, sagte ich, »die Schönheit, die du da siehst, sieh dir das hübsche Gesicht an, den hübschen Mund. Den Mund, für den dir deine Freundin acht von zehn Punkten gegeben hat. Denk doch mal, Jas. Denk doch an all die armen Wesen, die nur sechseindrittel bekommen haben – und du hast acht gekriegt für deinen Mund… (Für Sachen, die mich ärgern, hab ich ein Gedächtnis wie ein Elefant, leider nicht für alles, was mit Französisch, Geschichte, Mathe und Bio zu tun hat.)

Jas wurde eindeutig etwas munterer. Sie schob die Lippen vor und versuchte ein zaghaftes Lächeln. »Findest du wirklich, dass ich einen hübschen Mund habe?«

»Natürlich, aber sieh dir doch auch den Rest an, diese Augen, die makellose Haut…«

Jas setzte sich auf. »Stimmt, die ist gut, was? Ich hab gleich als Erstes Zitrone mit heißem Wasser getrunken.«

Montag, 4. Januar

7:00 War nach dem Aufwachen eine Minute lang bester Stimmung, bis mir einfiel, dass ich heute wieder in die Klapse muss (Schule).

14:30 Turnhalle. Hab entdeckt, dass Angus seinen Nachmittagsimbiss in meinem Turnbeutel versteckt hat. In meiner Turnhose stecken Igelstacheln.

Mittag Sieg. Sieg.
Madame Slack hat mir Vorhaltungen gemacht, ich sei faul in Französisch, und jetzt gerade habe ich eine Arbeit mit fünfundachtzig Punkten zurückgekriegt. Hähähä! *Fermez la bouche,* Madame Slack. Das hab ich geschafft, indem ich fünfundzwanzig Vokabeln gelernt habe. Und dann hab ich drauf geachtet, dass ich jede Frage beantwortete und dabei nur diese Wörter verwendete. Auf die Frage eins: »Was ist dein Lieblingsessen?«, hab ich geantwortet: *»Lapin«* (Kaninchen).

In dem Aufsatz mit dem Thema »Was ich an einem sonnigen Tag gemacht habe« hab ich natürlich mit einem Kaninchen gespielt. Beschreib dein Lieblingsbuch – *Unten am Fluss* –, jede Menge *lapins*!

13:00 Im Einklang mit meinen guten Vorsätzen, mich mehr auf die Schule und nicht auf Jungs zu konzentrieren, bin ich in der Mittagspause in die Turnhalle gegangen, um mein Yogaprogramm zu machen. Meine Übung heißt »Sonnengruß« und man streckt sich, um die Sonne willkommen zu heißen, und dann beugt man sich tief nach unten, als wolle man sagen: »Ich bin deiner unwürdig.« Dann kommt die Kobrastellung und die Hundestellung – alles ganz fließend und beruhigend.

13:15 Miss Stamp kam rein, als ich gerade bei der Hundestellung war. Sie sagte: »Lass dich nicht stören. Ich freue mich, dass du dich für Yoga begeisterst, es ist eine der besten Arten zu trainieren. Kommt dir auch für dein Tennis im

Sommer sehr zugute. Beachte mich einfach nicht, ich bereite nur alles für den Nachmittagsunterricht vor.« Ich kauerte da mit dem Kopf nach unten und hatte den Po in die Luft gestreckt. Nicht die angemessene Stellung in Gegenwart einer Lesbe. Ich wechselte rasch über zur Kobra, aber jetzt sah es aus, als würde ich ihr meinen Busen entgegenstrecken. Es kommt mir vor, als ob sie jetzt zu ihrem Damenbärtchen auch noch einen Kinnbart bekommt.

Echt, in dieser verdammten Klitsche hat man nie seine Ruhe.

13:30 Ich machte draußen mit Yoga weiter, obwohl es mit Handschuhen und Mantel ziemlich schwierig war. Ich hatte wieder gerade die Hundestellung eingenommen, als Elvis um die Ecke kam. Er ist ein mürrischer alter Spinner. »Was führst du denn im Schilde?«, rief er mir zu.

Ich antwortete über Kopf: »Inch mche mmein Nyoga.«

Er nahm die Kappe ab. »Von mir aus kannst du Kernphysik machen, aber nicht auf meinem Hof. Verschwinde, bevor ich dich melde.«

Im Gehen rief ich ihm nach: »Wussten Sie eigentlich, dass Elvis tot ist?«

16:30 Auf dem Heimweg Mark getroffen. Ich lächelte ihm sehr erwachsen zu. Er sagte nur: »Alles paletti?«

18:00 Mum fängt an zu spinnen, seit Vati weg ist. Als ich sie fragte, ob sie mir eine Nasenverkleinerungsoperation zahlen würde, kam sie mit ihrer üblichen Leier daher: »Wir können es uns kaum leisten, Angus durchzufüttern.« Als ob man den füttern muss. Es vergeht kein Tag, ohne dass ich was Vergammeltes in einem der Schränke finde. Sie kann es sich nicht leisten, Geld in das Seelenglück ihrer Tochter zu investieren. Aber das Wohnzimmer kann sie neu streichen lassen, scheint es, denn nächste Woche kommt der Maler.

21:30 Beim Fernsehen fragte Mum: »Fehlt dir dein Vater?«, und ich sagte: »Wer?«

Montag, 18. Januar

Biologie

14:40 Bin echt gut darin, so zu tun, als hätte ich Tetanus. Rosie steckte mir ein Briefchen zu: *Liebe G, weißt du, dass wir Donnerstag eine Doppelhohlstunde haben? Hast du Lust, dich zu verdrücken und mit in die Stadt zu kommen? Rrrchkchchchmpf.*

16:30 Auf dem Heimweg mit Jas stelle ich fest, dass sie auf dem besten Weg der Besserung ist. »Was hältst du von diesem Lipgloss? Findest du nicht, dass ich damit ein bisschen wie Claudia Schiffer aussehe? Mein Mund hat die gleiche Form, finde ich.« Wenn ich nur nie damit angefangen hätte. Aber bitte, wenn sie in einer eingebildeten Traumwelt leben will und es sie glücklich macht… Wir gingen zu ihr und in ihr Zimmer hinauf. Wie wunderbar, ein normaler Haushalt, keine verrückte Mutter, keine seltsame Schwester, keine wilden Tiere. Ihre Mutter fragte uns, ob wir Lust hätten auf Saft und belegte Brote. Kann man sich vorstellen, dass Mum so was fragt…? Man kann sich ja kaum vorstellen, dass sie mal da ist. Ich vermute, dass sie ein gutes Rollenbild abgibt… wenn man denn in einer Klinikverwaltung arbeiten will – aber könnte sie nicht ab und zu auch belegte Brote machen?

Bei Jas im Zimmer überprüften wir mit ihrem Meterband lebenswichtige Maße. Ich hab einundachtzig, achtundfünfzig, einundachtzig und Jas hat sechsundsiebzig, achtundfünfzig, dreiundachtzig. Ich glaube allerdings, dass sie bei achtundfünfzig eingeatmet hat. Außerdem sind meine Beine fünf Zentimeter länger als ihre. (Ich hab Jas nichts davon gesagt, aber eins meiner Beine ist fünf Zentimeter länger, das andere nur vier. Wie kann man in meinem Alter schon ein Hinkebein kriegen? Vielleicht kommt es daher, dass ich meine Tasche immer an einer Schulter trage und die Seite länger ist. Ich muss dran denken, die Seiten zu wechseln. Wer mag schon ein schiefes Mädchen!)

Donnerstag, 28. Januar

15:30 Rosie stand als Erste auf und ging aus der Klasse. Während wir mit Eigenarbeit beschäftigt waren, kam Miss Wilson rein, um »Aufsicht« zu führen, aber sie verschwand ziemlich schnell wieder, weil wir sie fragten, wer Gott erfunden habe. Wir waren eifrig damit beschäftigt, eine Liste aller Vorzüge zusammenzustellen, die ein Freund haben sollte: Humor, muss gut tanzen, muss gut küssen, muss nett lächeln, breite Schultern haben… Rosie schob ihre Liste rüber. Da stand einfach: RIESIG. Ich schrieb zurück: »Was riesig?«, und sie antwortete: »Alles riesig.« Also schrieb ich: »Meinst du, riesige Zähne?«, und sie antwortete: »Ja.« Sven hat sie mit seiner dänischen Art angesteckt, glaube ich.

Also, Rosie, Jule und Ellen gingen als Erste raus und dann ich und Jas. Wir trafen uns in den Erdgeschossklos und zogen unsere Boots und enge Oberteile an und schminkten uns. Wir prüften, ob die Luft rein war und schlichen uns durch die Hintertür raus. An den Fenstern vom Physik- und Chemietrakt mussten wir in die Hocke gehen – Adlerauge gab da gerade Unterricht und sie kann ein Mädchen auf zwanzig Schritt Entfernung riechen. Als wir vorbei waren, spurteten wir hinter das Kabuff von Elvis. Er war drin und las Zeitung, und als wir vorbeischlichen, hörten wir ihn laut furzen und »Oh, pardon« sagen. Ich begann zu kichern und steckte die anderen an. Wir mussten rennen wie blöd. Den ganzen Nachmittag sagten wir jedes Mal, wenn einem was passierte: »Oh, pardon.«

Im Drogeriemarkt war's super. Wir haben alle Tester durchprobiert und so ein Zeug, dass man ins Haar schmiert, sieht aus wie ein Mascara und man kriegt davon bunte Strähnchen. Ich hab alle ausprobiert, aber am tollsten hat Blond ausgesehen. Nur so eine Strähne im Pony, ich wusste ja, dass es gut aussehen würde. Ich werde Mum überreden, mir zu erlauben, dass ich mir das Haar blond färbe, jetzt, wo Dad in sicherer Entfernung in Whangamata sitzt.

Mitternacht Ein Supertag!!! Jas und ich haben auf dem Heimweg »Respect« von Aretha Franklin gesungen.

Februar

Jas muss dran glauben

Samstag, 6. Februar

1:00 Es klingelte an der Haustür. Mum war im Klo, um Libby sauber zu machen; kein appetitlicher Anblick. Am Wochenende trägt Mum so schreckliche Latzhosen, die sonst nur Lesben tragen oder Leute aus dem Kinderfernsehen von vor dreißig Jahren. Libby sang: »Zehn kleine Peterlein, die fingen an zu heuln...« (ihre Version von zehn kleine Negerlein). Sie war vergnügt wie ein Vögelchen, aber Mum war völlig entnervt. »Kannst du mal aufmachen, Georgie? Das ist bestimmt Jem, der Maler, den ich wegen dem Wohnzimmer angerufen habe. Lass ihn rein und mach mal Kaffee, solange ich hier noch beschäftigt bin.«

Als ich aufmachte, sah ich flüchtig was Blondes in Jeans, aber dann ertönte ein ohrenbetäubendes Kreischen vom Garten der Nachbarn. Mrs. Nebenan schrie: »Fangt ihn, fangt ihn! Oje-oje!« Sie schoss mit einem Besen im Garten herum. Ich dachte schon, Angus habe den Pudel erwischt, aber als ich über den Zaun sah, hatte er was Kleines, Braunes im Maul.

Mrs. Nachbarin schrie mich an: »Ich hol die Polizei! Das ist das Meerschweinchen von meiner Nichte, das wir in Pension haben. Und jetzt hat es dieses... dieses BIEST erwischt.«

Angus kauerte sich nicht sehr weit weg von mir hin. Mit ganz strenger Stimme sagte ich: »Lass es fallen, lass es sofort fallen, Angus.«

Da ich ihn ja schließlich erzogen habe, erkannte er meine Stimme und ließ das Meerschweinchen fallen. Ich wollte rübergehen, um es zu retten, da huschte das Meerschweinchen davon. Aber nach ein paar Zentimetern streckte Angus seine riesige Pfote aus und ließ sie dem Tierchen auf den Hintern fallen. Es zappelte und zappelte und Angus gähnte und nahm die Pfote wieder weg. Das Meerschweinchen wuselte davon und Angus erhob sich gelassen und schlenderte hinterher. Er drehte es auf den Rücken und setzte sich dann drauf und schloss die Augen, um ein Schläfchen zu halten. Ich sagte zu Mrs. Nebenan: »Tut mir Leid, er kann einen wirklich nerven, aber er spielt nur damit.« Sie reagierte völlig übertrieben. Es gelang mir, Angus mit einer Sardine von seinem kleinen Spielgefährten wegzulocken. Mrs. N sagte, sie wird sich an offizieller Stelle beschweren. Bloß wo? Bei der Katzenhilfe vielleicht?

Jem hatte von der Haustür her zugesehen. Er hat ein nettes, verkrumpeltes Lachen. »Der ist aber groß für einen Kater, was?«, sagte er.

Ich seufzte. »Kommen Sie rein. Mum ist im Bad. Sie kommt gleich.« Jem trat ein und ich machte ihm Kaffee. Er sieht ganz gut aus für sein Alter.

Mum kam in ihrer Latzhose angerannt. Dann sah sie Jem und benahm sich ganz komisch und wurde rot. Sie sagte: »Nnnngnnn!« und verschwand wieder.

Ich zuckte die Schultern. Jem fragte: »Machst du grade mittlere Reife?« (Mann, er hält mich wohl für mindestens sechzehn... hahahah.) Ich machte auch: »Nnnngnnn.«

Dann kam Mum zurück mit LIPPENSTIFT und vernünftigen Klamotten. Ich überließ sie ihrem Glück.

Sonntag, 7. Februar

11:00 Haben unsere Miniröcke angezogen, dann sind Jas und ich die Hauptstraße auf und ab gegangen. Wir wollten wissen, wie viele Autos uns anhupen. Zehn! (Dafür mussten wir allerdings auch vier Stunden auf und ab latschen... Aber zehn bleibt doch zehn!!!)

Montag, 22. Februar

16:15 Als Jas und ich heute aus der Schule kamen, ist was ganz Abartiges passiert. Robbie wartete mit seinem Mini vor dem Schultor. Er lehnte dagegen. Scheiße, dass meine Beine jedes Mal zu Gelee werden, sobald ich ihn sehe! Wie kann man sich jemand wieder abgewöhnen? Ich glaube, man soll sich auf seine negativen Seiten konzentrieren. Vielleicht hat er hässliche Hände? Ich sah seine Hände an... Sie sind schön – ganz kräftig und trotzdem auch künstlerisch. So als ob er ein Regal aufstellen, aber einen gleichzeitig auf die höchsten Ebenen sinnlicher Freuden führen könnte. Ich wette, er legt einem nicht einfach die Hand auf die Brust... Wenn er es nur machen würde. Halt den Mund!!! Nun gut, ich wollte gerade mein coolstes Gesicht machen, da sagte er: »Hallo, Jas, wie geht's?«

Jas lief rot an und sagte: »Oh, hi, Robbie, ganz gut, danke, und dir?«

Er antwortete: »Cool« und fuhr dann fort: »Jas, kann ich

ein … kann ich irgendwann mal mit dir sprechen? Vielleicht kommst du auf einen Kaffee mit, am nächsten Mittwoch nach der Schule?«

Und Jas stotterte: »Äh … also … äh … ja, okay. Bis dann.« Ich war sprachlos, und zwar im wahrsten Sinne des Wortes.

Als wir bei Jas zu Hause ankamen, ging ich einfach mit rein durchs Gartentor, durch die Tür und schnurstracks die Treppe hoch in ihr Zimmer. Ich hatte das Gefühl, als ob mir eine Kugel aus Fell im Hals steckte. Ich dachte, ich würde ersticken und explodieren und mir in die Hose machen – alles zugleich.

Jas ließ sich aufs Bett fallen und sagte: »Uff.«

»Was meinst du mit uff?«, fragte ich.

Und sie sagte: »Genau das … Uff.«

»Warum will er mit dir reden?«, fragte ich.

Und sie sah sich auf völlig entnervende Art die Nägel an und sagte: »Ich weiß es nicht.«

»Aber du gehst doch nicht, oder?«, wollte ich wissen.

Da antwortete sie: »Er hat mich auf einen Kaffee eingeladen und ich hab zugesagt.«

Ich fuhr fort: »Klar, aber du gehst doch trotzdem nicht hin, oder?«

Sie sah mich an. »Warum sollte ich nicht gehen? Er hat gesagt, er will mit mir reden.«

Nicht zu fassen. »Aber du weißt doch, dass er mein Erzfeind ist.«

Jas wurde ganz sachlich. »Ja, aber schließlich ist er nicht mein Erzfeind. Er kann mich anscheinend gut leiden.«

Ich war jenseits des Siedepunktes. »Jas, wenn du meine Freundin bist, dann gehst du nicht zu dem Treffen mit Robbie.«

Sie schwieg verbissen.

Türenschlagend verließ ich das Haus.

Dienstag, 23. Februar

11:00 Ich bin heute zehn Minuten eher aufgebrochen und auf der anderen Straßenseite gegangen. Jas wartet meistens zwischen fünf nach halb acht und Viertel vor acht an ihrem Gartentor und geht dann weiter, wenn ich nicht auftauche. Ich rannte wie verrückt an ihrem Haus vorbei und versteckte mich und kam zehn Minuten vor der Morgenversammlung an.

Adlerauge hielt mich an. »So rechtzeitig bist du ja noch nie angekommen, was ist los? Ich glaube, ich sollte dich im Auge behalten.«

Gott, ist die vielleicht misstrauisch. Hat wohl nichts Besseres zu tun, kein richtiges Privatleben. Als ich in die Aula kam, stellte ich mich nicht an meinen üblichen Platz. Ich ging zu Rosie rüber und redete mit ihr. Jas kam rein und ging an den Platz, wo wir immer stehen. Sie sah mich und lächelte etwas, aber ich starrte sie so böse wie möglich an.

Bis zur Mittagspause, als sie in die Toiletten kam, sah ich sie nicht wieder. Ich saß gewissermaßen in der Falle, weil ich meinen Pony unter dem Handtrockner trocknete. Ich hatte komisch drauf gelegen und er stand hoch. Ich hielt den Kopf runtergebeugt und sie sagte: »Hör mal, das ist doch wirklich albern, wir streiten uns doch nicht wegen einem Typ.«

Ich sagte: »R-is nich rgndeintyp.«

»Wie bitte?«, fragte sie.

Ich richtete mich auf und sah sie an. »Jas, du weißt, was

ich wegen Robbie durchgemacht hab, er ist nicht ›irgendein Typ‹.«

Sie kam mir wieder mit der vernünftigen Masche. »Was regt dich denn so auf? Ist doch nur auf einen Kaffee … wie's aussieht.«

Ich stürzte mich darauf wie eine Ratte auf einen Keks. »Was meinst du mit ›wie's aussieht‹?«

Sie rieb sich mit Lippenpomade ein und machte eine Schnute vor dem Spiegel – sie ist echt durchgeknallt, denkt, sie sieht wie Claudia Schiffer aus. »Was ich meine, ist Folgendes: Wie's aussieht, geht's nur um 'ne Tasse Kaffee, wenn mehr passiert, dann sag ich dir natürlich vorher Bescheid.«

Und dann trat ich ihr eins vors Schienbein. WIE KANN SIE ES WAGEN? Das war's!!! Ich red nie wieder ein Wort mit ihr.

Samstag, 27. Februar

10:00 Mum ist schon auf und summt in der Küche herum wie jemand, der glücklich ist – was immer das sein mag. Hab eine Liste meiner Freundinnen gemacht: Ich habe

12 »Lose-enge«,
20 »Nur-Bekannte« und
6 »Ganz-enge« (solche, die bei meiner Beerdigung richtig weinen würden).

Libby ist zu klein, um als Kumpel zu gelten, obwohl sie ein besserer Kumpel ist als viele, wenn ihr wisst, was ich meine. Jas steht nicht auf meiner Liste.

10:30 Hab ich eigentlich genug Freunde? Wenn die Telefongesellschaft mich nach zehn Freunden und Familienmitgliedern fragt für die Liste mit billigen Nummern, muss ich am Ende doch den astrologischen Telefonservice für Waagegeborene angeben, den ich häufig anrufe.

11:00 Es hat geklingelt. Mum hat gerufen, ob ich aufmache. Es war Jem, er sieht tatsächlich ziemlich cool und fit aus. Hatte ein T-Shirt an und man konnte seine Muckis sehen. Ich lächelte ihn an. Vielleicht brauche ich einen älteren Mann, der mich in die Geheimnisse der Liebe einführt…

11:05 Mum kam mit Libby aus dem Schlafzimmer gerannt. »Geh mit ihr spazieren, Schätzchen, ja? Danke. Also, Jem, wie wär's mit Kaffee?«

»Da sag ich nicht Nein«, antwortete er. »Bin nämlich ein bisschen verkatert.«

Sie kicherte (ja, sie kicherte) und sagte: »Also wirklich, Sie sind ja einer. War's wenigstens schön?«

Sie gingen in die Küche. Er sagte: »Ja, wir sind in so einen Klub gegangen. Total witzig. Sie sollten mal mitkommen.«

Sie kicherte schon wieder und sagte: »Seien Sie vorsichtig, ich könnte zusagen.«

Ich konnte nicht hören, was dann passierte, weil Libby mich mit ihrem Äffchen schlug. »Gehen«, bestimmte sie, also mussten wir los.

Was ist jetzt geboten? Meine Mutter amüsiert sich mit einem Maler, während mein Vati versucht, ihr auf der anderen Seite der Erde ein neues Leben aufzubauen?

Andrerseits, so gesehen, ist das nur gerecht…

Vati hat einen Brief und ein paar Fotos aus Whangamata geschickt. Er schrieb: *Das Dorf hat die höchsten geothermalen Aktivitäten der Welt. Als ich kürzlich im Garten zu Mittag gegessen habe, hat sich der Tisch gehoben und gesenkt… Ich hatte Mühe, mein Steak zu essen. Der Boden hebt und senkt sich, weil unter der Erdkruste Milliarden Tonnen von geschmolzener Flüssigkeit liegen, die rauswollen. Die Bäume schwanken hin und her, die Schafe gehen rauf und runter…*

Na, super, Vati. Ich komm mit dem nächsten Flug rüber. Denkste. Und er hat ein paar Fotos von seinen neuseeländischen Kollegen geschickt: alle mit dichten Bärten, wie Rübezahl.

Trotzdem, er ist schließlich mein Vati. Muss ein ernstes Wort mit Mum reden, um die Familie zu retten.

12:05 Doch nicht. Bin zu faul.

März

Jas trifft Robbie

Montag, 1. März

10:30 Rede immer noch nicht mit Jas, aber jetzt hat sich die Sache ins Gegenteil verkehrt, denn sie spricht auch nicht mit mir. Ich weiß nicht, wie das passieren konnte, ich wollte die Dinge doch in der Hand behalten. Der Schulweg wird zur Tortur. Wenn sie nämlich vor mir geht, muss ich echt ganz langsam hinter ihr herlaufen, weil meine Beine länger sind.

Mittwoch, 3. März

9:00 Heute ist der Tag, an dem Jas Robbie nach der Schule »auf einen Kaffee« trifft. Ob Lindsay wohl davon weiß? Hätte ich nicht die Pflicht, es ihr zu stecken?

15:00 Konnte nicht anders – bin den ganzen Tag hinter Jas hergelatscht. Mir fällt auf, dass sie ihren Miniminirock anhat und ihr Haar frisch gewaschen ist. Ich könnte mich vielleicht auf sie stürzen, wenn sie aus den Klos kommt, und sie verstrubbeln. Oder ich könnte Jackie und Alison Geld geben, es zu tun.

15:15 Rosie, Ellen und Jule bleiben neutral in der Angelegenheit, was ich gemein finde… Wie können sie es wagen, so dämlich fair zu sein? Rosie sagte: »Er hat sie doch nur zu einem Kaffee eingeladen, weil er mit ihr reden will… Du weißt doch gar nicht, um was es geht.« Und Jule meinte: »Wir leben in einem freien Land, weißt du, man kann die Leute zu nichts zwingen.«

Wie dämlich und blöd kann man werden? Ich würde ja nicht mehr mit ihnen sprechen, aber dann hab ich gar keinen mehr zum Reden.

16:05 Er ist da, in seinem Mini!! Wo ist Lindsay? Vielleicht gibt's noch 'ne Schlägerei am Schultor! Es hat schon mal 'ne Schlägerei gegeben, aber zwischen Mr. Attwood und dem Eismann. Elvis war gekommen, um ihn wegzuschicken. Er trat auf den Eiswagen zu und sagte: »Hau ab!«, und der Eismann sagte: »Verjag mich doch, Fettarsch.«

Elvis nahm Kappe und Brille ab und sagte: »Komm aus deinem Wagen raus, und ich mach es.«

Da ist der Eismann rausgekommen und er war ungefähr zwei Meter groß und Elvis hat schnell gesagt: »Also gut, Sie wissen ja Bescheid, das ist mein letztes Wort… Sobald Sie also Ihr Eis verkauft haben, müssen Sie vom Schulgelände verschwinden.«

16:08 Keine Spur von Lindsay. Ich fragte Rosie und Ellen und Jule: »Wo steckt Lindsay?«, und Rosie sagte: »Sie spielt Badminton.« Also ehrlich, sie ist ja so ein Waschlappen – eine rotzige, falsche Tussi stiehlt ihr den Freund, und was macht sie? Rennt in der Turnhose rum und schlägt auf einen Pingpongball mit Federn ein.

16:10 Jas kam in Stiefeln daher, in kniehohen Stiefeln mit Absatz! Sie kriegt noch ein unzweideutiges Angebot, wenn sie so auf der Straße rumhängt.

16:12 Sie ist am Tor. Robbie hat ihr die Tür vom Mini aufgemacht und geht dann auf die andere Seite und fährt los.

Zu Hause

16:38 Ich dreh durch. Was machen sie jetzt?

17:00 Rufe Rosie an. »Hast du schon was gehört?«
Rosie: »Nein.«
»Ruf mich an, wenn du was hörst«, sage ich.

17:20 Hab alle angerufen und keiner hat bis jetzt was gehört. Ich komm mir vor wie in einem der blöden Stücke, die wir durchnehmen. Ich bleib am Ende verlassen zurück und schaue aufs Meer – womöglich mit einem Bart.

17:30 Hab gerade festgestellt, dass mir in der Achselhöhle Haare wachsen. Wie kommen die dahin? Gestern waren sie noch nicht da.

17:40 Auf den Beinen hab ich auch welche. Vielleicht sollte ich mich ablenken und sie mit Mums Rasierapparat wegmachen.

18:00 Ach du Scheiße! Ich blute wie ein Schwein. Es läuft mir die Beine runter – musste den Blutstrom mit Mums

Morgenrock eindämmen. Sie bringt mich um, wenn sie das merkt. Ich wasch ihn lieber mal.

18:10 Hab ihn mit ein paar anderen Sachen in die Waschmaschine gestopft, ehe sie heimkommt.

18:30 Das Telefon klingelt. Es ist nur Mum. Sie ist mit Libby bei Onkel Eddie und kommt erst später heim und ich soll mir selbst was zum Abendessen machen. *Quelle surprise!*

Geh an den Kühlschrank.

18:32 Was soll ich mir machen? Hmmm, ach ja, ich mach mir die alte, gammelige Dose Bohnen, das Einzige, was da ist...

19:00 Das Telefon klingelt. Bin über die Schnur gestolpert, als ich drangehen wollte. Die Beine haben wieder zu bluten angefangen. Es war Rosie. »Jas hat gerade angerufen.«

Ich schrie sie praktisch an: »Und???«

»Also, sie haben Kaffee getrunken, sie sagt, er sieht wirklich toll aus und ist so witzig.«

»Und?«

»Er wollte mit ihr über Tom reden.«

Ich fing zu lachen an. »Hahahaha... und sie hat extra ihre Stiefel angezogen. Ha-ha-ha.«

Rosie fuhr fort: »Ja, er wollte wissen, ob sie Tom noch mag, weil der sie nämlich immer noch mag.«

Ich legte auf. Tom? Wen interessierte das? Hahahahaha. Das Leben ist super, super-super-super.

19:30 Tralalala. Super-oberduper.

19:40 Mhmmmm, Bohnen. So leckere Bohnen.

22:00 Oje, ein kleines Problem, Mums Morgenrock ist auf die Größe eines Puppenmantels eingeschrumpft. Passt vielleicht grade mal Libby.

Hmmm.

Trotzdem. Super-oberduper. Überlege morgen, was ich damit mache. Jetzt muss ich ein bisschen zu ganz lauter Musik tanzen.

23:00 Hab Mum reinkommen hören, aber so getan, als ob ich schlafe. Hab den Morgenrock unten in meinem Schrank versteckt.

Donnerstag, 4. März

8:30 Jas hat an ihrem Gartentor auf mich gewartet. Ich sah sie und fing an ganz langsam zu gehen und so zu tun, als ob ich was in meiner Tasche suche. Dann tat ich so, als ob ich etwas vergessen hätte und noch mal heimmüsste. Ich lief zurück und wartete ungefähr fünf Minuten hinter der Hecke und ging dann wieder los. Hurra, sie war weg, mein Trick hatte geklappt. Aber gerade, als ich an ihrem Gartentor vorbeikam, tauchte sie hinter der Hecke auf. Sie ging neben mir her und sagte kein Wort und ich auch nicht. Komisch, so zu schweigen – man muss aufpassen, dass man keine Geräusche macht. Man kann nicht rülpsen oder so und sich auch nicht räuspern, sonst denkt die andere Person noch, man will als Erster was sagen. Als wir bei der

Schule ankamen, gab sie mir einen Brief. Ich wollte ihn zuerst nicht nehmen, aber ich war doch ziemlich neugierig, also steckte ich ihn widerwillig in meine Tasche.

13:00 Erste Gelegenheit, den Brief zu lesen, weil ich nicht wollte, das Jas den Eindruck bekam, ich sei neugierig auf das blöde Zeug, das sie mir mitteilen wollte.

In dem Brief stand:

Liebe Georgia,
es tut mir Leid, dass wir uns wegen einem Jungen verkracht haben, es kommt nie wieder vor. Ich war so doof und ich habe nicht auf deine Gefühle Rücksicht genommen, obwohl du meine beste Freundin bist. Wenn ich etwas tun kann, um wieder deine Freundin zu werden, dann mach ich es.
Jas.
PS: Er ist nicht mit Lindsay verlobt.

13:15 Jas glaubt also, sie kann die ganze leidige Geschichte einfach vergessen – sie einfach unter den Tisch fallen lassen. Aber da ist schon mehr nötig als ein Briefchen, damit ich wieder anders von ihr denke.

13:20 Jas entdeckte mich bei den Getränkeautomaten und sie war ein bisschen nervös. Soll sie doch leiden.

13:21 Sie fing an: »Äh...«, und ich sagte: »Wie meinst du das, er ist nicht mit Lindsay verlobt?«

In meinem Zimmer

17:00 Jas hilft mir Mums Morgenrock zu dehnen. Als Strafe für ihr beispielloses Benehmen hat sie versprochen zu sagen, dass sie ihn in die Waschmaschine gesteckt hat. Mit Jas wird Mum schon nicht schimpfen.

17:15 Der Morgenrock hat noch immer Puppengröße, nur, dass er jetzt so lange Ärmel hat wie ein Orang-Utan.

17:25 Robbie war anscheinend total überrascht, dass er angeblich verlobt sei. Als er von Jas wissen wollte, wie sie darauf käme, musste sie so tun, als habe sie das von jemand gehört.

17:30 Jas zupfte mir die Augenbrauen. Sie sagte: »Also, was meinst du, was soll ich machen wegen Tom? Robbie sagt, er mag mich noch immer und das Mädchen bei dem Tanz sei seine Kusine gewesen.«

»Ach, heißt das vielleicht, dass er es nicht schafft, sich 'ne Freundin anzulachen?«, bemerkte ich.

Jas erwiderte (mitten beim Zupfen): »Georgie, fang nicht schon wieder an. Soll ich ihm noch 'ne Chance geben?«

Bin ich vielleicht die Kummerkastentante, dachte ich? Aber dann sagte ich: »Na ja, vielleicht, aber tu wenigstens ein bisschen so, als ob du nicht so einfach zu kriegen bist. Küss ihn nicht gleich, wenn ihr das erste Mal ausgeht ... Zumindest, wenn er es nicht richtig wahnsinnig will.«

Mitternacht Bin überraschend glimpflich davongekommen mit der Masche »Es war Jas – ich kann nichts dafür!« in Sachen Morgenrock. Mum kommt mir noch verrückter als sonst vor. Und wie lange dauert es eigentlich, ein einziges Zimmer zu streichen? Jem braucht eine Ewigkeit. Bin aber eigentlich nicht überrascht – die meiste Zeit sitzt er mit Mum rum und reißt Witze. Libby hat ihn kürzlich »Dad« genannt.

Na prima!

1:00 Schau vom Bett aus in den Himmel und kann eine Eule schreien hören und die Welt ist in Ordnung. Robbie ist nicht verlobt!!! Danke, liebes Jesuskind.

Dienstag, 16. März

15:00 Miss Stamp sagt, mein Tennisspiel sei »viel versprechend«. Macht auch Spaß, den Ball über den Tennisplatz an den anderen vorbeisausen zu lassen. Oder nicht immer vorbei, wie in Rosies Fall: Er traf sie heute Nachmittag mitten ins Gesicht. Ihre Brille hing ihr ganz schief auf der Nase, was ziemlich komisch aussah. Konnte eine Ewigkeit nicht aufschlagen, weil ich so lachen musste.

22:45 Hab geträumt, ich hätte Wimbledon gewonnen. Ich glaube, meine Sexualität ist erwacht, denn der Traum wurde erst wirklich interessant in den Umkleideräumen. Erst kam das Übliche, das Ass zum Matchball, die jubelnde Menge, das Überreichen der Trophäe. Prinzessin Margaret reichte sie mir und sagte: »Absolut erstklassig, so aufregend. Ich hatte gute Lust, selbst wieder anzufangen.«

Worauf ich sagte: »Hahaha, ich kann nicht glauben, dass Sie jemals irgendeine Sportart gemacht haben, Ma'am –

außer Wettsaufen.« Dann ein kurzes Winken und ab in die Kabine.

In der Abgeschiedenheit des Umkleideraums freute ich mich auf die wohlverdiente Dusche und zog mich aus. Als ich bei meinem BH (wohlgefülltes D-Körbchen) und dem Schlüpfer angelangt war, erschrak ich, weil plötzlich jemand im Raum war. Es war Leo di Caprio. Er sagte: »Tut mir Leid, hab ich dich erschreckt?« Dann fing er an, meinen bebenden (aber äußerst durchtrainierten und gebräunten) Körper mit Küssen zu bedecken. In dem Moment kam noch jemand herein. Ich entzog mich Leo, der meinte jedoch: »Schon okay, das ist nur Brad«, und Brad Pitt trat zu uns.

Montag, 22. März

14:00 Es ist fast peinlich, wie freundlich Jas zu mir ist. Ein paar Tage ohne meine rasend komische und geistreiche Unterhaltung und sie weiß wieder, wie sehr sie an mir hängt. Auf dem Heimweg ließ ich sie das auf Umwegen wissen.

»Jas«, sagte ich, »mir scheint, ein paar Tage ohne meine rasend komische und geistreiche Unterhaltung, und du weißt wieder, wie sehr du an mir hängst.«

»Ha-ha-ha«, sagte sie, doch als sie mein Gesicht sah, fügte sie hinzu: »Aber natürlich, nur zu wahr. Das wird es sein.«

Mittwoch, 31. März

Morgenversammlung

9:08 Ich hab mich heute Morgen fast totgelacht. Beim Beten flüsterte Rosie: »Schau dir mal Jackies Nase an – und weitersagen ...«, und das ging dann durch die ganze Reihe. Ich konnte zuerst nichts sehen, weil Jackie den Kopf gesenkt hielt und ihr das Haar übers Gesicht hing.

Aber als sich alle rührten und sich zum Singen bereitmachten, flüsterte ich: »Jackie, pssst!« Sie hob den Kopf und sah sich nach mir um. Ihre Nasenspitze war total schwarz!!! Wie ein Panda mit Perücke sah sie aus. Ich hab mir fast in die Hose gemacht, so komisch war es. Unsere ganze Reihe schüttelte sich vor Lachen.

Jackies Blicke durchbohrten uns wie Stahl, aber das machte die Sache nur noch schlimmer. Es gibt nichts Ulkigeres, als einen wütenden Panda!! Wir taumelten in die Klos und lehnten uns schreiend vor Lachen über die Waschbecken. Schließlich, als ich wieder sprechen konnte, fragte ich: »Was... ist denn... da passiert?«

»Du erinnerst dich doch an den DJ, von dem sie so geschwärmt hat«, sagte Ellen. »Also, der hat mit seinen Freunden ordentlich geschluckt, und dann hat er Jackie getroffen und fand es wohl eine lustige Idee, ihr auf der Nasenspitze einen Knutschfleck zu machen.«

Prost, Mahlzeit.

April

Neues von der Knutschfront

Dienstag, 6. April

17:00 Hab gegen Lucy Doyle aus der Klasse über mir Tennis gespielt und sie geschlagen!!! Ich bin ein Genie!!!

18:30 Übe Tennis an der Hauswand daheim, aber es hat keinen Zweck. Angus schnappt sich den Ball und schleppt ihn ein paar Meter weiter und bewacht ihn. Wenn ich ihn mir holen will, lässt er mich ganz nah rankommen und haut dann wieder damit ab. Hab ihm mit dem Tennisschläger eins übergezogen, aber er ist anscheinend nicht schmerzempfindlich.

19:00 Jas angerufen.
Es ist ganz gemütlich, wenn Dad nicht da ist. Keiner brüllt dauernd: »Schluss mit Telefonieren!« Ich fang schon an zu vergessen, wie er aussieht.

Mit anderen Worten: Alles hat auch seine guten Seiten.

Jas' Mutter war dran und ich sagte, ich wolle Jas sprechen. Sie kam runter aus ihrem Zimmer.

»Jas, ich hab einen guten Plan.«

»Hör bloß auf.«

»Doch, er wird dir gefallen.«

»Warum?«

»Weil er einfach brillant ist und weil er es dir ermöglicht, mir gegenüber alles wieder gutzumachen.«

»Lass schon hören.«

»Also, du weißt doch, dass du gesagt hast, dass Robbie von seiner Verlobung nichts wusste und dass Lindsay aber mit einem Verlobungsring durch die Gegend läuft …?«

»Ja.«

»Na ja, wenn sie ihn nur in der Schule trägt und ihn abmacht, wenn sie mit Robbie ausgeht, dann bedeutet das doch, dass sie mehr hinter ihm her ist als er hinter ihr.«

»Schon möglich.«

»Das steht ganz fest. Er hat inzwischen wahrscheinlich die Nase voll von ihr – was findet er eigentlich überhaupt an ihr?«

»Sie soll ziemlich intelligent sein. Sie hat, glaub ich, vor, nach Oxford zu gehen.«

»Na und, sie ist 'ne Streberin, deswegen muss man sie doch nicht mögen – und überhaupt, auswendig lernen bedeutet nicht, dass jemand intelligent ist. Nur weil ich mir die Stammbäume der englischen Königshäuser nicht merken kann, heißt das noch lange nicht, dass ich nicht klug bin.«

»Na ja, nicht unbedingt.«

»Genau.«

»Mit quadratischen Gleichungen hast du aber auch ganz schön Probleme.«

»Schon gut, Jas …«

»Und du kannst das Plusquamperfekt nicht richtig anwenden …«

»Ich weiß, ich weiß, aber was ich eigentlich sagen will …«

»In Deutsch bist du ganz auf verlorenem Posten – Herr Kamayer hat gesagt, dass er in seiner gesamten Zeit als Lehrer noch nicht erlebt hat, dass jemand so schlecht ist.«

»Hör mal, Jas, können wir uns vielleicht wieder auf den Plan konzentrieren? Ich finde, wir sollten uns an Lindsay ranpirschen.«

»Ranpirschen?«

»Ja.«

»Was meinst du – ihr nachlaufen und sie womöglich anrufen und fragen, welche Farbe ihr Schlüpfer hat?«

»Quatsch, so weit soll's nicht gehen, wir beobachten sie nur.«

»Warum? Was soll das?«

»Der Punkt ist, dass ich dann feststellen kann, ob Robbie sie mag oder nicht.«

»Und warum soll ich da mitmachen?«

»Weil du a) meine Freundin bist und weil es b) weniger auffällig aussieht, weil wir eben einfach zu zweit rumhängen, und weil c) meine Mutter in ein paar Wochen mit Libby verreist und du zum Übernachten kommen und Tom einladen könntest.«

»Wann fangen wir an mit dem Anpirschen?«

Na also.

Freitag, 16. April

Operation »Pirsch auf Lindsay« startet Freitagabend

16:15 Nach dem letzten Läuten mussten wir hinter dem Physik- und Chemietrakt rumhängen. Die alte Streberhose (Lindsay) plauderte mit Adlerauge. Wir konnten sehen, wie sie miteinander scherzten – so ein Elend – man bedenke, mit 'ner Lehrerin rumscherzen! Dann, als Lindsay ihren Mantel holte, sind wir den Durchgang zwischen dem Nebengebäude und dem Hauptgebäude der Schule entlanggeschlichen. Eklig ist es da, alles voller Kippen von Jackie und Co. Aber wenn man bis zum Ende durchgeht, kommt man kurz vor dem Hauptausgang raus. Beim Kabuff von Elvis wird's noch mal kompliziert. Ich war schon zum Staatsfeind Nummer eins bei ihm geworden, weil ich mal ein Plastikskelett mit seinem Hut auf – und mit seiner Pfeife zwischen den Zähnen – in seinen Stuhl gesetzt hatte. Keine Ahnung, woher er wusste, dass ich das war, aber er hatte es rausgekriegt. Wir kamen also an sein Kabuff und er war nicht in der Nähe. Wir rasten vorbei und kamen am Ende des Durchgangs raus. Jas und ich waren ganz in Schwarz und hatten unsere Mützen auf – wie zwei aus dem französischen Widerstand. Als wir rauskamen, stolzierte Lindsay (die Belauerte) gerade vorbei. Sie sah auf die Uhr und man konnte ihren Ring deutlich blitzen sehen.

17:15 Vor dem protzigen Haus von Lindsay. »Zu den Eiben« heißt es.

Das Haus ist ein einstöckiger Bungalow, Lindsays Zimmer ist daher ebenerdig, wir könnten also reinschauen. Hihi.

Aber eins nach dem anderen. Erst mal eine gute Mahlzeit.

18:30 Riesenportion Fritten und Cola. Mhmm, lecker.

18:45 Belauerte beim Verlassen des Wohnzimmers gesehen, tauchte nicht wieder auf. Wir nehmen an, dass sie in ihr Zimmer gegangen ist, um an die langwierige, frustrierende Aufgabe zu gehen, sich für ihr Date mit Robbie aufzumotzen.

18:58 Wir beschließen das Wagnis, uns ums Haus zu schleichen. Ich flüsterte Jas zu: »Hoffentlich haben sie keine Katze«, und sie antwortete: »Meinst du vielleicht einen Hund?«

»Du kennst doch Angus«, erwiderte ich.

Es gab einen Seitenweg, den wir ganz vorsichtig entlangschlichen. Wir hatten fast die rückwärtige Seite des Gartens erreicht, als ein Kopf hinter der Hecke der Nachbarn auftauchte. Ein Glatzkopf, wie der von Onkel Eddie. Jas sagte geistesgegenwärtig: »Pscht, wir wollen Lindsay so richtig überraschen...« Sie zwinkerte dem Mann zu und er verschwand. Wir schlichen weiter ums Haus. Lindsays Zimmer geht zum Garten raus und sie hatte die Vorhänge halb aufgezogen, sodass man reinschauen konnte.

Ihr Zimmer ist ein Albtraum von weißen Rüschen: gerüschtes Kopfkissen, gerüschter Bettüberwurf... und eine Wärmflasche mit Teletubbybezug!!!

Lindsay hatte eine Kassette eingelegt und Jas und ich sahen uns an – es war Genesis. Jas tat so, als ob ihr schlecht würde. Wir mussten dauernd die Köpfe einziehen, falls

Lindsay sich ganz zum Fenster umdrehte. Dann verschwand sie durch eine andere Tür und wir konnten es gluckern hören. Ich sagte: »Sie hat ein angebautes Bad – kein gutes Feng Shui.«

»Warum?«, fragte Jas und ich sagte: »Keine Ahnung, aber es soll ganz schlecht sein, man braucht ungefähr fünfzig Goldfische, um das auszugleichen... Hast du ihren Wecker gesehen? Hat ein schlafendes Gesicht auf dem Zifferblatt.«

Da tauchte Lindsay wieder aus dem Bad auf. Sie hatte das Haar straff aus dem Gesicht gekämmt und einen BH und ein Tangahöschen an. Ich weiß nicht, was Tangas sollen – wozu sind sie gut? Ich hab mal einen von Mums anprobiert, sie nimmt sie für Aerobic... beziehungsweise sie sollte sie für Aerobic nehmen, aber sie ist nur einmal hingegangen. Sie hat gesagt, dass sie sich auf dem Laufband fast umgebracht hat, weil ihr Busen das Übergewicht bekam. Nun gut. Ich hab ihren Tanga anprobiert und er hat sich unmöglich angefühlt... Er rutscht einem total in den Po, bis wer weiß wohin. Dann fiel mir was noch Abartigeres auf. Lindsay hat überhaupt kein Haar am Körper. Nirgends. Was hat sie damit gemacht? Doch nicht etwa abrasiert? Ich musste an den Zustand meiner Beine denken, nachdem ich sie kürzlich rasiert hatte. Mir wurde ganz schwach.

Lindsay ist echt dürr! Ich fülle meinen BH wenigstens aus. Als Nächstes tat die Belauerte zwei Dinge, die von Bedeutung waren und die wir aufgeschrieben hätten, doch wir hatten kein Notizbuch dabei:

1. Sie nahm ihren Ring ab und küsste ihn!!
2. Sie holte zwei rosafarbene Schaumgummidinger und

steckte sie sich unter ihre »Brüste« in den BH. Die »Brüste« wurden nach oben geschoben und sahen jetzt fast nach Busenansatz aus. So ein Schwindel! Zu Jas sagte ich: »Wetten, dass Robbie nichts davon weiß …«

Aber dann fiel mir auf, dass mir Jas nicht richtig zugehört hatte, sie sah sich nach dem Glatzkopf hinter uns um, der wieder aufgetaucht war und uns über den Zaun anstarrte. Was ist das nur mit Nachbarn? Haben sie denn überhaupt kein Eigenleben? Er schaute ein bisschen misstrauisch rüber. Deshalb sagte ich so natürlich wie möglich: »Sie spielt wirklich ziemlich laut Musik – sie hat nicht gehört, wie wir ans Fenster geklopft haben. Klopf doch noch mal, Jas.« Jas sah zuerst ein bisschen belämmert aus, aber zum Glück war sie geistesgegenwärtig genug, um eine kleine Pantomime zu vollführen. Sie tat so, als ob sie ans Fenster klopfte und als ob sie Lindsay zuwinkte (die Gott sei Dank wieder im Bad verschwunden war) und spielte einen fürchterlichen Lachanfall vor.

Dieses Anpirschen ist furchtbar ermüdend, aber wir hatten den Glatzkopf wohl beruhigt, denn er war wieder verschwunden und wir schlichen nach vorne und weiter bis zu der hohen Hecke des Nachbarhauses. Wir versteckten uns an der Einfahrt, um auf Lindsay zu warten.

19:40 Brrr… ziemlich frisch. Endlich ging die Haustür auf. Lindsay kam raus mit hochgestecktem Haar (schon schlecht) und in schwarzem Midi (erst recht schlecht für so 'ne Bohnenstange). Wir drückten uns in den Schatten der Hecke, während sie vorbeiging, und ließen ihr ein paar Minuten Vorsprung, ehe wir die Verfolgung aufnahmen. Als sie zur Kreuzung kam, blieb sie unter einer Straßenlampe stehen und holte eine Puderdose raus, um sich im Spiegel anzusehen. Statt schreiend nach Hause zu laufen, ließ sie die Puderdose zuschnappen und ging weiter.

Plötzlich hatte ich das Gefühl, dass wir einen Fehler machten. Bisher hatte ich mich in meinen Phantasien als französische Resistancekämpferin gesehen, aber was war, wenn ich etwas herausfand, was ich gar nicht wissen wollte? Was war, wenn sie Robbie traf und es sich als ganz eindeutig herausstellte, dass er sie wirklich mochte? Würde ich das aushalten? Wollte ich sehen, wie er sie küsste? Ich sagte zu Jas: »Vielleicht sollten wir jetzt gehen«, aber Jas antwortete: »Was, nach alldem? Kommt nicht in Frage. Ich will wissen, was jetzt passiert.«

19:50 Robbie wartete vor dem *Odeon*. Mir wurde ganz schwach, so cool sah er aus. Warum kann er nicht mein Freund sein? Lindsay ging auf ihn zu. Der Augenblick der Wahrheit. Ich wollte losschreien: »Sie hat rosa Schaumgummidinger im BH... und sie trägt einen Tanga!!!«

Ich hielt den Atem an und grapschte nach Jas' Hand. Sie flüsterte: »Lass los, Blödi.« Dann... streckte Lindsay das Gesicht vor und Robbie küsste sie.

20:00 Auf dem Heimweg aß ich noch eine Portion Fritten. Ich sagte: »Was für ein Kuss war das wohl? War Lippenkontakt im Spiel? Oder war es Lippen auf Wange oder Lippen auf Mundwinkel?«

»Ich glaube, Lippen auf Mundwinkel, aber vielleicht auch nur Lippen auf Wange?«

»Auf jeden Fall kein Frontalschmatzer, oder?«

»Nein.«

»Ich glaube, sie war auf einen Frontalen aus und er hat es zur Mundwinkelnummer abgeschwächt.«

»Ja.«

»Er hat aber nicht so ganz begeistert gewirkt, was?«

»Nein.«

»Fandest du das auch?«

»Ja.«

»Genau, ich auch.«

Vor dem Gartentor von Jas

20:40 Ich fasste zusammen: »Die Tatsachen sehen so aus: a) Sie trägt ihren Ring nicht, wenn sie mit ihm ausgeht, es steht also fest, dass sie behauptet, sie wären verlobt, obwohl es nicht so ist; und b) Er steht nicht so sehr auf sie, weil er keinen Frontalen versucht hat.«

Jas öffnete das Gartentor. »Ja. Okay, bis morgen. Vergiss nicht, das mit der Übernachtung zu regeln.«

Mitternacht Also... die Fäden sind gesponnen. Jetzt muss ich nur noch Lindsay loswerden, Robbie überzeugen, dass ich die Frau seiner Träume bin, Mum daran hindern, die Familie auseinander brechen zu lassen, einen größeren Busen bekommen und meine Nase einer Schönheitsoperation unterziehen und dann ist alles geritzt...

Donnerstag, 29. April

18:30 Das Telefon klingelte und ich ging dran. Eine fremde Stimme sagte: »Tag, ist das Georgie?« Klang ein bisschen förmlich – vielleicht ein lüsterner Anrufer. (Ich hatte mal so einen Anruf entgegengenommen, von 'ner Telefonzelle in Glasgow. So ein Typ mit schottischem Dialekt sagte dauernd: »Welche Farbe hat deine …«, dann piepste es und ich sagte: »Wie bitte, was haben Sie gesagt?«, und dann fing er noch mal an: »Welche Farbe hat dein Schlüp …?« Piep-piep-piep. Schließlich brachte er raus: »Welche Farbe hat dein Schlüpfer?«, aber dann war die Leitung tot. Man kann gar nicht vorsichtig genug sein.)

Diese fremde Stimme mit Echo sagte: »Ich bin's, dein Vater, ich rufe von Whangamata an.«

Ich war ein bisschen überrascht und sagte: »Oh-äh-hallo, Dad.«

Er war ganz begeistert und eifrig. »Was macht die Schule?«

»Na ja … Schule eben.«

»Geht es allen gut?«

»Ja. Angus hat das Meerschweinchen von den Nachbarn erwischt.«

»Hat er es wieder rausgerückt?«

»Ja, als ich ihm mit dem Tennisschläger eins übergezogen hab.«

»Und Libby?«

»Sie kann jetzt ›Wichser‹ sagen.«

»Wer hat ihr denn das beigebracht, zum Teufel?«

»Weiß ich nicht.«

»Also, du solltest wirklich besser auf sie aufpassen.«

»Sie ist doch nicht meine blöde Tochter.«

»Werd nicht ausfallend.«

»Hab doch nur ›blöd‹ gesagt.«

»Ist das etwa nicht aus-, hör zu, hol Mum mal ans Telefon, der Anruf kostet mich ein Vermögen.«

»Sie ist nicht da.«

»Wo ist sie denn?«

»Keine Ahnung, sie ist doch ständig weg.«

»Na, dann sag ihr, dass ich angerufen hab.«

»In Ordnung.«

Es entstand ein kurzes Schweigen. Seine Stimme klang noch merkwürdiger, als er wieder zu sprechen anfing. »Wenn ihr nur alle hier bei mir wärt. Ihr fehlt mir.«

Ich machte nur »Hmrmmrmm.«

Wenn Eltern das nur lassen würden, einen dazu zu bringen, dass man weinen und ihnen gleichzeitig eine scheuern möchte.

Mai

Damit mir meine Eier nicht davonkullern

Dienstag, 4. Mai

8:10 Hab mich ein bisschen elend gefühlt, als ich aufgewacht bin. Hab geträumt, dass sich Dad einen Vollbart hat wachsen lassen, aber es war in Wirklichkeit gar kein Bart, es war Angus, der sich an sein Kinn klammerte.

Morgenversammlung, Mathe, Physik ... der heutige Tag hat nicht einen einzigen Augenblick, für den es sich zu leben lohnt.

16:30 Daheim, völlig fertig vor lauter Lachen. Meine Rippen tun mir weh. Slim hat mich bis zu den Ferien zum Garderobendienst verdonnert, aber das macht nichts, der Tag war es wert.

Also ... Folgendes ist passiert: Es war in der Doppelstunde Physik und es war so ein Nachmittag, wo man einfach nicht mit Lachen aufhören kann und wo man mit der Zeit ein bisschen überdreht wird. Die meiste Zeit über hatte ich gerufen: »Jawoll, Herr Kommandant!« und jedes Mal die Hacken zusammengeschlagen, wenn Herr Kamayer fragte, ob wir verstanden hätten, was er erklärte. Wir nahmen die Molekularstruktur der Atome durch und wie sie vibrieren.

Herr Kamayer verdeutlichte seine Ausführungen mit Hilfe eines Geschirrtuchs und ein paar Eiern auf dem Pult. Ich musste sowieso schon kichern und dann meldete ich mich, weil mir ein guter Witz eingefallen war. Ich hob die Hand mit nach vorne gestrecktem Finger (wie in: »Rollmops, Rollmops«) und Herr Kamayer sagte: »Ja?«

»Herr Kamayer«, fragte ich, »und was für eine Rolle spielt das Geschirrtuch bei der Molekularstruktur?«

Und dann machte Herr Kamayer einen fatalen Fehler – er sagte nämlich: »Ach, das Geschirrtuch nehme ich doch nur, damit mir meine Eier nicht davonkullern.« Die Hölle brach los. Ich konnte nicht aufhören zu lachen. Ihr wisst schon, wenn man eigentlich ganz dringend zu lachen aufhören sollte, weil man in Teufels Küche kommt, wenn man's nicht tut? Aber man kann einfach nicht? Genauso war es bei mir. Man musste mich praktisch ins Rektorat tragen. Vor dem Rektorat versuchte ich mein Möglichstes, mich zusammenzureißen, und ich dachte schon, es wäre so gut wie vorbei und ich hätte mich unter Kontrolle. Ich klopfte an und Slim sagte: »Herein.«

Ich dachte im Stillen: Bitte, bitte, frag mich ja nicht aus. Übergeh es einfach. Bitte, rede von was anderem, frag mich bloß nicht danach. Bitte, bitte.

Slim bebte und wabbelte am ganzen Leib. »Kannst du mir erklären, Georgia, was an Herrn Kamayers Experiment über das Vibrieren der Atome so witzig gewesen sein soll?«

Ich hab es versucht, weiß Gott, ich hab es versucht. »Ähm, Miss Simpson, er hat dazu ein Geschirrtuch benutzt… Er hat das Geschirrtuch genommen…«

»Und weiter?«

»Er hat das Geschirrtuch genommen, damit… ihm seine

Eier nicht davonkullern.« Und schon brach es wieder aus mir hervor.

Mitternacht Einfach zum Schreien.

Donnerstag, 27. Mai

Tennisturnier

14:30 Bin im Halbfinale. Herrlicher Sonnentag. Ich glaube, ich werde doch noch ein Wimbledon-Champion. Weiß steht mir. Die ganze Clique jubelt mir zu und es ist alles so unheimlich super und voller Karma und seltsam, aber … wenn ich das Semi gegen Kirsty Walsh gewinne (zwei Klassen über mir), muss ich im Finale gegen Lindsay antreten. Ist das nicht irre? Ziemlich irre, find ich. Lindsay ist so eine langweilige Spielerin, ich bin sicher, dass ich sie schlagen könnte. Sie spielt richtig schulbuchmäßig … Grundlinie und Netzangriffe, aber sie kennt meine Vorhand noch nicht.

Also gut, wenn ich sie schlage, dann muss das einfach bedeuten, dass ich für Robbie prädestiniert bin. Lindsay trägt unter ihrem Tennisrock 'ne weiße Rüschenhose. (Zum Glück nicht den Tanga, sonst wäre Miss Stamp womöglich von einem Anfall lesbischer Begierde ereilt worden und hätte mich von meinem Spiel abgelenkt.) Ich finde meine Shorts viel cooler. Sie wirken so, als wäre mir eben eingefallen, dass ich ja ein Tennisfinale spielen muss, und ich habe mir einfach was gegriffen und bin reingeschlüpft, ganz lässig.

15:30 Den ersten Satz hab ich gewonnen und jetzt schlag ich auf zum Gewinn des zweiten und damit zum Matchgewinn.

Fühl mich ziemlich gut. Mir ist ein bisschen warm, aber ich hab Vertrauen in meinen Aufschlag. Rosie und Ellen und Jule und Jas und alle aus meiner Klasse drehen durch. Sie rufen meinen Namen und schreien: »Weiter, weiter.« Adlerauge ermahnt sie ständig, still zu sein. (Sie ist die Schiedsrichterin, leider.)

Aber selbst sie kann mich nicht am Sieg hindern. Ha-haha, ich bin Herrscherin des Universums. Robbie ist der Lohn der Mutigen!

Erster Aufschlag – ein Ass!!! Ja! Ja! Genau! Adlerauge sagt: »Fünfzehn – null.«

Zweiter Aufschlag – ein kurzer Ballwechsel und dann ein geschickter Cross-Slice-Vorhandball von mir. Adlerauge sagt: »Dreißig – null.«

Dritter Aufschlag. Wusch! Jawoll, noch ein Ass! Kirsty ist ihm nicht mal nahe gekommen. Lahme Ente. Komm schon, wenn du glaubst, du schaffst es!!! Adlerauge sagt: »Vierzig – null.«

Der ganze Platz ist still geworden, während ich zum Matchgewinn aufschlage. Ich stelle mich hinter die Grundlinie. Jas fingert nervös an ihren Fransen rum. Ich seh sie an. Sie hört auf.

Ich werfe den Ball hoch und lass den Schläger runtersausen, mit etwas Spin. Kirsty versucht nicht mal den Ball zu erwischen.

ASS!!! Mit zusammengepressten Lippen verkündet Adlerauge: »Spiel, Satz und Sieg: Georgia Nicolson.« Jawollll!!! Gewonnen!!!

Ich fall auf die Knie wie McEnroe und die Zuschauer rasen.

Voller Euphorie werfe ich den Schläger hoch in die Luft. Er macht einen Bogen und fällt herab und trifft Adlerauge genau auf den Kopf. Sie stürzt vom Schiedsrichterstuhl – ohnmächtig.

Im Bett

20:00 ICH FASS ES NICHT. Adlerauge war nur eine Minute oder so ohnmächtig, aber man hat mich disqualifiziert. Kirsty hat gegen Lindsay gespielt. Ich konnte es nicht ertragen zuzusehen – oder, um genau zu sein, ich durfte nicht zusehen – ich musste gehen und alle Turnmatten aufräumen.

Lindsay hat den Pokal gewonnen.

Was das nun bedeutet, karmamäßig gesehen, weiß ich nicht. Ich glaube einfach nicht mehr an Gott.

23:00 Wenn ich wieder an Gott glauben soll, muss wirklich etwas ganz verdammt Sensationelles passieren, und zwar plötzlich.

Juni

Die Pyjamaparty

Freitag, 4. Juni

Übernachtung mit Pyjamaparty

17:00 Mum verschwindet einfach nicht. Warum ist sie so langsam? Libby hat noch nicht mal ihre Unterhose an. Ich erbiete mich, sie ihr anzuziehen, und Mum sagt: »Würdest du das tun? Danke, Liebes. Ich kann meine Pinzette nirgends finden. Du hast sie wohl nicht gesehen, oder?«

(Mir fällt ein, dass sie in meinem Federmäppchen ist.) »Äh… nein, aber ich glaube, ich hab Libby damit gesehen.«

»Mist, dann kann sie wer weiß wo stecken.«

Libby beschloss, dass »Unterhose anziehen« ein Spiel sei und ich musste ihr stundenlang nachjagen, ehe ich sie erwischte. Als ich sie ihr dann schließlich anzog, streichelte sie mein Haar und machte: »Schnurre-schnurre. Liebes Kätzchen. Willst du ein bisschen Milch, Wichser?« Ich glaube, sie meint, »Wichser« sei eine Art Name.

Als ich sie endlich angezogen hatte, rannte ich nach oben und holte die Pinzette und versteckte sie im Körbchen von Angus. (Zum Glück war er gerade draußen und ermordete Vögel, sonst hätte er sie bestimmt gefressen.) Dann rief ich: »He, Mum, rate mal, wo deine Pinzette steckt? Komm und sieh dir das an!«

Mum kam aus dem Schlafzimmer und ich zeigte auf den Katzenkorb. Sie sagte: »Also wirklich!! Danke, Liebes. Okay, ich glaube, jetzt hab ich alles. Wir können gehen, Libby.«

Sie packte Libby, die strampelte und ihr das Gesicht ableckte und sagte: »Danz böse Mummy, Libby stehlen.«

Im Hinausgehen fragte Mum: »Du kommst doch klar, oder? Ich komm morgen Abend spät zurück – iss was Vernünftiges – und bleib nicht zu lange auf.«

Sie ging aus dem Haus, kam aber einen Augenblick später zurück. »Und lass dir ja nicht einfallen, etwas mit deinem Haar anzustellen.«

18:00 Rosie kam als Erste. Sie sagte: »Sven kommt so gegen halb zwölf, wenn seine Schicht beim Kellnern vorbei ist.«

Ich fragte: »Wie weit bist du mit ihm gekommen?«

»Ähm...«, sagte sie, »sechs und ein bisschen von sieben.«

Wir hatten eine Tabelle von eins bis zehn, für Küssen und so weiter:

1 Händchen halten,
2 Arm umlegen,
3 Abschiedskuss,
4 Kuss, der über drei Minuten dauert, ohne Atemholen,
5 Kuss mit geöffneten Lippen,
6 Zungenkuss,
7 Oberkörperknutschen – im Freien,
8 Oberkörperknutschen – drinnen (im Bett),
9 rummachen unterhalb der Taille und
10 aufs Ganze gehen.

Ich fragte. »Und, wie stellt er sich an?«

»Er ist gut«, sagte Rosie, »ich glaube, dänische Jungs sind besser darin als englische. Sie wechseln häufiger ab.«

»Was meinst du damit?«, wollte ich wissen.

»Du weißt doch, englische Jungs werden ganz erregt und küssen dann immer mit dem gleichen Druck! Also, er wechselt ab, manchmal ist er sanft, dann ganz hart und fordernd und dann auf einmal so-so.«

»Oh, das mag ich«, sagte ich.

Rosie fuhr fort: »Ich weiß, ich mag das auch. Anscheinend mögen es alle Mädchen so. Wir wollen Abwechslung, Jungs lieber immer dasselbe.«

»Woher weißt du das?«, fragte ich und sie sah mich ein bisschen hochmütig an. »Das hab ich aus *Männer sind vom Mars und Frauen von der Venus.*«

Jule, Ellen, Jas, Patty, Sarah und Mabs kamen alle nacheinander und wir holten unsere Pyjamas raus. Wir schauten uns *Grease* an und hielten das Band immer wieder an und spielten Szenen nach. Ich sang »You're The One That I Want« auf dem Sofa.

So gegen elf Uhr klingelte das Telefon. Ich ging ran und es war Tom, der Jas sprechen wollte. Jas ging raus in die Diele und machte die Tür zu, damit wir nicht zuhören konnten. Als sie zurückkam, war sie ein bisschen rosa im Gesicht. Krächzend brachte sie hervor: »Er kommt mit seinem Freund Leo rüber... achduschreckachduschreckachduschreck!«

23:30 Wir aßen gerade Toast und Honigsmacks, als Leo und Tom ankamen. Sie hatten auch ihre Pyjamas dabei und zogen sie an. Zum Schreien. Dann tauchte Sven auf – mir war entfallen, wie groß er ist... Rosie und er verschwanden und wir anderen sahen uns noch mal *Grease* an. Diesmal machten die Jungs mit. Tom ist ziemlich lustig. Ich versuchte verzweifelt Robbie nicht zu erwähnen.

1:00 Immer noch auf. Wir quatschten über ALLES!!! Rosie und Sven seit Stunden nicht gesehen. Jetzt müssen sie aber längst über sieben raus sein???

1:30 Tom und Jas verkrümelten sich und Leo und Ellen gingen »Luft schnappen«. Wie sie darauf kommen, dass im Wohnzimmer keine Luft wäre, weiß der Himmel. Der Rest von uns »Normannen« (nur Mannen bzw. nur Frauen) beschloss, dass wir Mutprobe spielen. Es fing damit an, dass man die Unterhose ausziehen und über den Kopf stülpen musste und so weiter, und dann forderte ich Sarah heraus, auf der Gartenmauer zu stehen und Pyjamahose und Unterhose fallen zu lassen.

Sie hat's gemacht.

2:00 Patty und Mabs haben mich dann rausgefordert, nackt bis zum Ende der Straße zu flitzen. Sie sagten, sie würden mir einen neuen Lippenstift kaufen, wenn ich es täte. Die »Pärchen« waren noch weg, deshalb fand ich, ich könnte es wagen. Wir gingen raus (wir Normannen), alle in Pyjamas. Es war eine milde Sommernacht und in den Häusern brannten keine Lichter mehr außer bei uns. Also zog ich den Pyjama aus und rannte wie eine Besessene »mit ohne« bis ans Ende der Straße und wieder zurück. Wir sind fast gestorben vor Lachen – die anderen konnten es kaum fassen, dass ich es gewagt hatte!!!

Wir waren alle prustend vor der Haustür zusammengebrochen, da kamen die »Pärchen« zurück. Ich versteckte mich hinter den anderen, während ich mich in meinen Pyjama strampelte. Tom zwinkerte mir zu. »Ich sollte meinem Bruder mal erzählen, was ihm hier alles entgeht.«

Ich wurde dunkelrot. »Wenn du das wagst, Tom! Versprich mir unbedingt, dass du das nicht tust!«

Tom fragte: »Findest du, dass Jas und ich wieder miteinander gehen sollten?«

»Klar!«, sagte ich. »Ich finde, ihr passt perfekt zusammen.«

Worauf er meinte: »Ich hab dich immer leiden können, weil du so offen bist.«

Gegen halb drei sind die Jungs dann gegangen und wir haben das Haus aufgeräumt. Lieber Gott, bitte, lass Tom Robbie nichts von dem Zwischenfall »mit ohne« erzählen.

Wir Mädchen kuschelten uns im Wohnzimmer unter Decken und quatschten über alles Mögliche – Jungs, Makeup… Lesben.

Rosie fragte: »Wie wird man eigentlich zur Lesbe?«

»Warum?«, wollte ich wissen. »Willst du es mal ausprobieren?«

»Das kann man doch nicht einfach ausprobieren«, sagte Jas. »Man kann sich nicht einfach vornehmen: Jetzt probier ich mal aus, lesbisch zu sein.«

Ellen setzte sich auf. »Was ausprobieren?«

Jas wurde ein bisschen rot (was im normalen Sprachgebrauch heißen würde: knallrot). »Ausprobieren, ein… äh… Mädchen zu küssen.«

Wir alle fuhren hoch und machten »Igitt!«.

Rosie fragte: »Das tun sie also – sich küssen?«

Jas (Sprachrohr der Lesben) sagte ein bisschen von oben herab: »Na klar. Sie haben richtig sexuellen Dingsbums.«

»Wie können sie richtig sexuellen Dingsbums haben«, wollte Rosie wissen, »wo sie doch überhaupt keine… ihr wisst schon, keine richtigen Dingsbumse haben?«

Ich unterbrach sie: »Jas, wieso weißt du überhaupt so viel darüber?«

Jetzt wurde sie ganz abartig rot. Rosie hatte inzwischen alle neugierig gemacht. »Ne, echt, ich meine wirklich, wie machen sie es, wo sie doch keine richtigen Dingsbumse haben?«

»Na los, Frau Schlaumeier«, sagte ich zu Jas, »was treiben sie so in der Abgeschiedenheit ihrer lesbischen Liebesnester?«

Und Jas murmelte etwas unter der Bettdecke hervor. Ich sagte: »Du weißt es nicht, stimmt's?« Sie murmelte noch mal was. Es hörte sich an wie »treiben«.

»Treiben?«, wiederholte ich. »Sie treiben es miteinander? Na klar, aber wie?«

Jas setzte sich auf und sagte: »Nein, reiben.«

Da sagte ich ganz schnell: »Gute Nacht«, und wir schliefen alle ein.

Mittwoch, 16. Juni

18:00 Heute kam ein Briefchen von Jackie. *Wir schwänzen heute Nachmittag und gehen in die Stadt, um etwas »zu organisieren«. Genaueres in der Mittagspause.*

Ich wusste, dass »organisieren« in Jackies Sprachgebrauch »klauen« hieß. Ich versuchte mich in der Mittagspause vor ihr zu verstecken, aber sie lauerte mir in der Toilette auf. Ich saß in einer der Kabinen und las eine Zeitschrift – mit angehobenen Füßen, damit man nicht sehen konnte, dass da jemand war. Aber sie ging in die Kabine daneben und schaute über die Wand.

»Was machst du denn da?«, fragte sie.

Ich sah nicht auf und sagte nur: »Ich übe Origami.«

»Kommst du jetzt mit oder nicht?«, fragte sie. »Wir haben Listen gemacht, was jeder holen soll und wo wir uns später treffen.«

Mein ganzes Leben zog an mir vorüber. Ich hatte die Nase gestrichen voll von ihr und Alison. Sie waren kein bisschen witzig oder so. Sie schafften es immer wieder, dass ich Sachen machte, die ich überhaupt nicht tun wollte. Ich hatte genug. Ich hörte mich sagen: »Ich komm nicht mit und ich finde, ihr solltet es auch lassen.«

Jackie war perplex. »Bist du der Heilsarmee beigetreten? Hab noch gar nicht gesehen, dass du ein Tamburin hast. Los, hol deinen Mantel, und wir verschwinden über das Sportfeld hinten.«

Ich kam aus der Kabine. »Nein«, sagte ich. Sie folgte mir und rückte mir auf die Pelle – sie ist ziemlich groß.

»Das solltest du aber lieber«, sagte sie. Alison stand dicht hinter ihr.

Plötzlich kam so eine komische, ruhige Stimme aus mir raus. Ich hatte im Fernsehen *Xena* gesehen und einen blöden Augenblick lang bildete ich mir ein, diese Kriegerprinzessin zu sein.

»Ach, wie gut, ich hatte keine Ahnung, dass ich meine neuen Kampftechniken so schnell ausprobieren könnte. Wenn ich dir was breche, entschuldige ich mich schon im Voraus. Bisher hab ich nur mit Ziegeln geübt.«

Jackie sah ein bisschen verwundert aus (wer würde das nicht?), aber sie rückte immer näher. Ich stieß einen Schrei aus, packte ihren Arm und drehte ihn ihr auf den Rücken. Keine Ahnung, wie ich das schaffte. Aber ich tat es für die kleinen Leute der Welt (ich meine nicht Liliputaner – ich meine alle, die sich nicht wehren können).

20:00 Jas hat angerufen. »Alle reden von dir – es ist Klasse!«

20:30 Ich bin die Größte, Heldin der Schule, Retterin der Unterdrückten!

Mitternacht Jawolll!

Samstag, 19. Juni

9:00 Die Stiff Dylans spielen im *Marktplatz.* Tom und Jas gehen hin und die ganze Clique auch. Soll ich mit?

11:30 Mum benimmt sich einfach lächerlich – sie erlaubt mir nicht, mein Haar blond zu färben. »Wo wäre Marilyn Monroe gelandet«, hielt ich ihr vor, »wenn Mutter Monroe gesagt hätte: ›Nein, Marilyn, du machst dir nur das Haar kaputt.‹«

Mum erwiderte: »Sei nicht albern.«

Aber ich fuhr fort: »Und was ist mit Nicole Kidman?... Glaubst du, Mutter Kidman hat gesagt...«

Mum warf ihren Hausschuh nach mir. Na wunderbar, jetzt wird sie auch noch gewalttätig. Ich muss vielleicht den Kinderschutzbund anrufen.

14:00 Gesichtspckng aafglegt. Knn mn Gsicht ncht bwegn.

14:30 Abfluss verstopft von meiner Eigelbmaske.

16:00 Fange jetzt mit meinem Make-up an.

16:30 *Double merde.* Muss noch mal von vorne anfangen. Bin mit der Mascarabürste ins Auge gekommen. Es sieht ganz verheult und rot aus.

17:30 Habe mich mit Gurkenscheiben auf den Augen hingelegt, damit die Schwellung weggeht.

17:50 Libby ist reingeschlichen und hat eine der Gurkenscheiben aufgegessen. Bin furchtbar erschrocken, als ihr Gesicht so plötzlich und unerwartet über mir aufgetaucht ist.

18:00 Ellen hat angerufen. Wir treffen uns um halb neun vor dem *Marktplatz.*

Mitternacht Was für ein unglaublich TOLLER Abend. Obersuper! Robbie hat mich GEKÜSST. Der Sexgott ist herabgestiegen. Mann, war das mega.

Die Stiff Dylans haben echt gute Musik gemacht und Jas, Tom, Leo, Ellen und ich haben uns ganz irre Tanzschritte ausgedacht. Lindsay war auch da und machte ein dämliches Gesicht. Robbie war toll in der Band. Zuerst war es mir ein bisschen unangenehm zu tanzen, aber dann hat's Spaß gemacht. Ich hab Tom und Jas ein paar Figuren gezeigt, die ich mir daheim ausgedacht hatte – und dann lief es plötzlich wie in einem Film, weil alle – unheimlich viele – anfingen es uns nachzumachen.

Am Ende war ich ziemlich außer Atem und mir war ganz heiß. Als die Band eine Pause gemacht hat, bin ich zur Hintertür raus, in eine Art Innenhof. Wie ich da so stehe, kommt Robbie raus … Es war mir ganz unangenehm und ich wollte gerade wieder reingehen, da legte er mir die Hand auf den Arm und sagte: »Kann ich dich mal kurz sprechen, Georgia?«

»Ja, klar …«, sagte ich. Er wirkte ein bisschen verlegen, deshalb sagte ich: »Hör mal, wenn es um Jas und Tom geht, es tut mir Leid, dass du deswegen böse mit mir warst … Ich find ihn echt nett und Jas mag ihn sehr.«

Robbie meinte: »Super, aber das ist es nicht, ich wollte dir nur das hier geben.« Dann hat er mich geküsst!!! Ich bekam total weiche Knie – als ob ich teils Mädchen, teils Wackelpudding wäre. Es war absolut umwerfend. Zwanzig von zehn Punkten für den Kuss, so in der Art. Hab mich genauso gefühlt, wie es immer beschrieben wird – Feuerwerksgarben im Kopf, Orchestermusik, die dröhnt, Wellen, die an Felsen schlagen … Ich weiß nicht, wie lange das so ging, mir war so flau.

Schließlich hat er gesagt: »Das hab ich schon die ganze Zeit gewollt, aber ich weiß, dass es falsch ist.«

Ich konnte kaum ein Wort rausbringen, es hat völlig verrückt geklungen: »Ng-ng, st schon okay, kein – ncht falsch, ähm, ch-meine, ich wollte, was ich, du und, schon immer, auch wenn'ch ng.« Er hat mich angesehen, als ob ich einen afrikanischen Dialekt spräche. Hab ich aber nicht. Ich hab einfach nur Unsinn von mir gegeben.

Einer der Jungs von der Band ist rausgekommen und Robbie ist von mir abgerückt wie der Blitz. Dann ist er wieder reingegangen und hat noch gesagt: »Okay, Georgia, kannst du Tom das ausrichten? Bis dann.«

Bis dann? Was meint er damit? Fängt das schon wieder an!!! Ich hab Jas davon erzählt und sie hat gefragt: »Und wie geht's jetzt weiter? Bist du etwa nur so was wie 'ne Abwechslung für ihn? Was meint er mit ›bis dann‹? Meint er ›bis dann‹ oder ›bis dann‹?« Ich musste ihr die Hand auf den Mund legen, damit sie aufhörte. Als Robbie dann wieder auf die Bühne zurück ist, musste ich mich bremsen, ihn nicht dauernd wie eine Schwachsinnige anzustarren. Er war so umwerfend und er hatte mich geküsst!!

Als der Auftritt vorbei war, ist Robbie an mir vorbeigekommen und hat geraunt: »Ich ruf dich an.« Dann ist er zu Lindsay gegangen. Sie hat ihm die Arme um den Hals gelegt und ich hab wegschauen müssen.

Wann ruft er mich an?

Angus war in meinem Bett, als ich nach Hause kam, und Libby auch. Ich hab mich S-förmig zusammenkrümmen müssen und meine Füße hängen aus dem Bett. Ist mir aber egal!!!

Dienstag, 22. Juni

17:10 Keine Ahnung, ob es an mir liegt oder am Wetter, aber mir ist dauernd so heiß.

Drei Tage und noch kein Anruf.

Mittwoch, 23. Juni

23:00 Auch heute kein Anruf.

Donnerstag, 24. Juni

18:00 Hab Jas angerufen.
»Er hat sich noch nicht gemeldet.«

Jas meinte: »Hör mal, überlass das mir, ich versuch über Tom was rauszukriegen.«

»Aber du machst es auch ganz diskret, ja?«

»Wofür hältst du mich eigentlich«, sagte sie. »Ich weiß schließlich, was Diskretion ist.«

»Tut mir Leid, ich bin ein bisschen empfindlich und ich will nicht, dass irgendjemand was davon erfährt, ehe ich nicht selbst weiß, was los ist.«

»Beruhige dich«, erwiderte sie. »›Cool‹ ist mein zweiter Vorname.«

»Ach, wirklich?«, sagte ich. »Ich hab immer gedacht, Pollyanna.«

»Ja, das stimmt, meine Mutter mochte den Film so«, erklärte sie, »aber so meine ich das doch nicht – und übrigens, du hast versprochen, nie zu erwähnen, dass ich dir das erzählt habe.«

»Okay«, sagte ich, »aber denk dran und sei diskret, ja?«

»Na klar. Warte mal eben«, sagte sie. Dann hörte ich sie die Treppe raufbrüllen: »Mum, kannst du Tom mal sagen, er soll runterkommen?«

Man hörte ein bisschen Gemurmel im Hintergrund und dann Jas' Mutter, die zurückrief: »Er fragt, was du willst? Er hat den Computer gerade angeworfen und kann jetzt nicht.« Und dann schreit Jas zurück: »Sag ihm, dass Robbie Georgia geküsst hat und gesagt hat, er würde sie anrufen. Er hat aber noch nicht angerufen. Ob er was davon weiß?«

Ich traute meinen Ohren nicht. Und es wurde noch schlimmer, weil ihre Mutter sich gleich einmischte: »Robbie hat Georgie geküsst? Ich dachte, er geht mit Lindsay?«

Jas schrie rauf: »Stimmt, aber er ist sich wohl nicht sicher.«

Dann hörte ich Tom rufen: »Was für ein Kuss war es?«, und Jas sagte: »Ich glaube, Grad sechs.«

ICH HÄTTE SIE UMBRINGEN KÖNNEN.

»Jas. Jas, HALT DEN MUND!!!«

Freitag, 25. Juni

13:00 In der Mittagspause ist Lindsay plötzlich angekommen. Sie ist aus der Nähe noch waschlappiger, sie hat so richtige wässrige blaue Blinzelaugen wie 'ne blauäugige Fledermaus. Also, Blinzelauge fängt an: »Ich hab gehört, was Samstag passiert ist.«

Ich bin ein bisschen blass geworden. »Was hast du gehört?« Ich wollte Zeit gewinnen.

»Ich hab gehört, dass du dich an meinen Freund rangemacht hast.«

Wie kann sie es wagen, so was zu behaupten!! Ich bin richtig rot geworden. »Welcher Idiot hat denn das erzählt?«

Sie hat mich böse angestarrt. »Robbie hat es mir gesagt.« Ich kapierte das nicht. Und sie wieder: »Er hat mir erzählt, wie du ihm in der Pause nach bist und dass du dich ihm an den Hals geworfen hast. Er hat gesagt, du hast ihm Leid getan, aber es sei auch peinlich gewesen.«

Ich hab rumgestottert und kein Wort rausgebracht. Dann fuhr sie fort: »Ich warne dich also – benimm dich nicht so jämmerlich. Du bist ein dummes kleines Ding, lass es nicht wieder vorkommen.« Ich konnte nicht anders, ich musste an die alten Ägypter denken – sie haben den Leuten langstielige Löffel die Nase raufgesteckt und ihnen das Gehirn ausgekratzt. Natürlich nachdem die Leute schon tot waren, aber im Fall von Lindsay gibt es da kaum einen Unterschied zwischen tot und lebendig. Ich hätte am liebsten ein paar Löffel besorgt und sie ihr in die eingebildete Nase gesteckt.

18:00 Jas hilft mir, Lindsay aufzulauern. Ich hab sie gefragt: »Glaubst du, dass Robbie wirklich gesagt hat, ich wäre jämmerlich und hätte mich ihm an den Hals geworfen?«

Jas benahm sich wie eine wahre Freundin. »Nein, natürlich nicht... äh... das hast du doch auch nicht, oder?«

18:30 Warum nur, warum? Warum sollte er sich so schweinemäßig gemein benehmen und so was sagen? Ich hasse ihn.

Mitternacht Ich hasse ihn, ich hasse ihn.

0:30 Ich liebe ihn, ich liebe ihn.

Juli

Der Sexgott ist gelandet

Donnerstag, 1. Juli

Kantine

13:00 Lindsay stellte ihre Kaffeetasse ab, um ihre Tasche zu holen, und ich hab reingespuckt (in die Kaffeetasse, nicht in die Tasche – obwohl ich das auch noch mache, wenn ich die Gelegenheit habe). Ich hasse sie.

Jackie und Alison gehen mir noch mehr auf die Nerven, jetzt, wo sie beschlossen haben, dass ich ihre Freundin bin. Jackie hat mir heute einen Schokoriegel gekauft. Als Nächstes ist dann ein Apfel dran. Was für eine erbärmliche Welt: Man dreht jemand den Arm auf den Rücken und kriegt dafür was geschenkt!

16:00 Ich bin so wütend auf Robbie. Am liebsten möchte ich ihm sagen, was ich von ihm halte, aber mein Stolz hindert mich daran.

16:30 Bei Robbie daheim angerufen (hab die Telefonnummer von Jas). Er war dran, aber ich hab schnell wieder aufgelegt. (Und ich hatte die Rufnummernanzeige ausgeschaltet, ätsche-bätsche.)

16:45 Bei Robbie angerufen.
Er war dran und ich sagte: »Robbie, hier ist Georgia.«

Er hat irgendwie heftig ausgeatmet und dann gesagt: »Äh... ich kann die Physikaufgabe, die du haben willst, einfach nicht finden, Mike. Kann ich dich später zurückrufen? Danke. Tschüss.«

16:50 Jas angerufen. »Warum hat er mich bloß Mike genannt?«

Jas meinte: »Na, wahrscheinlich war Lindsay bei ihm.«

17:30 Im Bett mit zugezogenen Vorhängen.

17:45 Mum ist reingekommen.
Sie hat gefragt: »Willst du über irgendwas reden?«

»Über Selbstmord.«

»So schlimm kann es doch nicht stehen«, meinte sie.

»Doch, es steht sogar noch schlimmer«, sagte ich. »Ich will nicht mehr hier bleiben, ich hasse die Schule, ich hasse England.«

»Was meinst du, würde dich eine Ferienreise nach Neuseeland vielleicht aufheitern?«, fragte sie. »Auf dem Weg dahin könnten wir nach Disneyland fahren.«

»Mir ist alles egal«, sagte ich.

18:30 So sind also die Männer. Das wär's dann wohl, ich werde Lesbe.

19:00 Hab ein paar Fotos von Drew Barrymore rausgekramt und mir vorgestellt, sie zu küssen.

19:05 Ich schaff es nicht. Muss immer an Miss Stamps Damenbart denken. Und an das Reiben.

19:10 Muss also wohl Nonne werden.

20:00 Hat auch keinen Zweck. Wenn ich mein Haar ganz straff zurückbinde wie eine Nonne, sieht meine Nase überdimensional aus. Andrerseits macht das ja wohl nichts aus, wenn man nur da ist, um arme Leute zu retten und Suppe für sie zu machen, wie Nonnen das tun.

21:00 Das Telefon – für mich. Ich fragte Mum: »Wer ist dran?«, und sie sagte: »Ich weiß nicht, ein Junge.«

21:30 Robbie trifft mich morgen nach der Schule hier bei uns. Er war in einer Telefonzelle und sagte, er könne es jetzt nicht erklären, wir würden morgen reden. Wenn er glaubt, dass er es auf diese Weise »erklären« kann, täuscht er sich gewaltig. Ich hab auch meinen Stolz. Dem erzähl ich was von wegen »erklären«!!!

21:45 Was zieh ich bloß an? Vielleicht geh ich morgen einfach nicht in die Schule, damit ich Zeit habe, mich ganz natürlich zurechtzumachen.

Freitag, 2. Juli

8:05 Bin wie immer zu Jas gegangen. Sie wartete an der Ecke auf mich. »Ich geh heute nicht in die Schule«, sagte ich. »Hab 'ne Verabredung mit Robbie. Kannst du sagen, dass ich ganz schlimm Besuch von meiner Tante hab? Danke.«

Dann bin ich umgekehrt. Hab gewartet, bis Mum und Libbs weg waren, und bin wieder ins Haus geschlüpft.

Tagesplan:

1. Dampfbad fürs Gesicht,
2. Gesichtspackung auftragen,
3. Klamotten, die in Frage kommen, durchgehen,
4. Zimmer aufräumen (erst mal alles auf den Boden und dann unters Bett),
5. ein paar interessante Bücher neben das Bett legen (Comics und Jungenmagazine verstecken),
6. Poster von Mr. Bean »mit ohne« abnehmen,
7. untersuchen, ob Libby auch keinen See oder sonst was in irgendeine Ecke gemacht hat.

11:00 War beim Zimmeraufräumen, als plötzlich die Haustür aufgeht. Wenn es ein Einbrecher ist, hab ich nur Mums Pinzette, um mich zu verteidigen. Wo ist Angus, wenn man ihn braucht? Hab die verrückte Fellkugel seit Stunden nicht gesehen.

11:02 Keine Einbrecher, was viel Schlimmeres – es ist Mum. Und zwar nicht alleine! Jem, der Maler, ist dabei. Na wunderbar, meine Mutter hat 'ne Affäre mit einem Maler. Dabei ist sie älter als er – und ich hab schon einen Vater, der schlimm genug ist, aber besser, der Vater, den man schon kennt, als ein fremder Anstreicher.

Sie gingen ins Wohnzimmer, deshalb schlich ich mich runter. Ich wollte wissen, ob ich hören könnte, was da los war. Ich legte das Ohr an die Tür, konnte aber nicht richtig verstehen. Ich drückte das Ohr ganz fest ans Schlüsselloch und hörte, wie Jem sagte: »Das ist die Tür, die klemmt. Ich will mal…«, und er öffnete die Tür und ich krachte ins Zimmer.

Mittag Im Bett. Ich hab so tun müssen, als sei ich ohnmächtig geworden. Ich bin bewegungslos liegen geblieben, bis Mum mir was Ekliges (Riechsalz) unter die Nase gehalten hat. Hab gedacht, mir fällt der Kopf ab. Ich tat so, als wäre ich ein bisschen verwirrt und erzählte, dass mir auf dem Schulweg schlecht geworden sei.

Mum steckte mich mit einem Aspirin ins Bett. Kurz danach hörte ich, wie die Tür zugeschlagen wurde. Mum kam rauf. »Äh – ich hab nur mal schnell 'ne Stunde freigenommen, um die letzten Einzelheiten mit Jem zu besprechen.«

»Er braucht ja eine Ewigkeit, um den einen Raum zu renovieren«, sagte ich. »Libby glaubt schon, er wäre unser neuer Dad.«

Mum lachte. »Sei nicht albern, wie kommst du denn darauf, dass sie so was glaubt?«

»Weil sie ihn ›mein neuer Dad‹ nennt«, sagte ich.

Mum überging das einfach und fuhr fort: »Also, ich muss jetzt zur Arbeit zurück. Bist du sicher, dass mit dir alles in Ordnung ist?«

»Klar, mit mir schon – und wie steht's mit DIR?« (Ich hab das so richtig betont, aber sie hat's nicht kapiert.)

Minuten später kam sie noch mal ins Zimmer und sagte: »Georgia, ich weiß, dass du die Dinge gerne dramatisierst, aber ich muss dir leider sagen, dass Jem und ich keine leidenschaftliche Affäre haben.«

»Ach nee«, sagte ich, »was denn dann? Eine lauwarme Affäre vielleicht?«

Sie setzte sich auf die Bettkante. »Überhaupt keine Affäre. Hör mal, Liebes, dein Vater fehlt mir wirklich sehr.« Und es war ziemlich schrecklich, weil ihre Augen ganz nass wurden.

Ich meinte: »Aber sein Schnurrbart kann dir doch nicht fehlen?«

»Nein, der nicht«, sagte sie. »Aber ich hab ihn lieb. Du nicht?«

»Er ist ganz okay«, erwiderte ich.

Sie küsste mich. »Ich weiß, dass du ihn lieb hast, du hast nur schlechte Laune und lässt sie an jemand aus, aber wir sehen ihn ja bald.«

Dann ging sie. Oh Gott, ich kann es nicht leiden, die ganze Zeit über die Erwachsenen reden zu müssen! Wenn mein Vater nur hier wäre, dann müsste ich mich nicht um so was kümmern!

16:00 In einer halben Stunde kommt Robbie. Ich geh lieber noch mal aufs Klo. War in den letzten zehn Minuten ja nur ungefähr zehnmal. Hoffentlich hab ich keine Blasenschwäche, sonst muss ich noch große Pampers tragen… Das würde Robbie niemals aushalten – wenn er berühmt wird, will er sicher keine Freundin, die Windeln tragen muss.

18:30 Robbie ist gerade gegangen. Ich fühl mich so hohl wie 'ne ausgehöhlte Kokosnuss. Er hat so toll ausgesehen, ganz in Schwarz und irgendwie verzweifelt. Er hat mich angestrahlt und dann hat er mich an sich gezogen (ziemlich heftig sogar…). Ich hab aber dran gedacht, wie böse ich auf ihn war, deshalb hab ich ihn höchstens eine halbe Stunde lang geküsst, ehe ich loslegte: »Wie konntest du Lindsay gegenüber behaupten, ich wäre jämmerlich und wäre dir nach draußen nachgelaufen und hätte mich dir an den Hals geworfen?«

Er hat mich erstaunt angesehen. »Das hab ich nicht gesagt.«

»Echt nicht?«

»Nein. Ich hab nichts... ich hab überhaupt nichts gesagt, zu keinem.«

»Aber Lindsay hat es mir erzählt.«

Er wirkte unruhig.

Ich bohrte weiter. »Und bist du nun mit ihr verlobt oder nicht?«

Jetzt sah er wirklich verwundert aus. »Mit ihr verlobt? Wie kommst du denn darauf?«

»Na ja, weil sie in der Schule einen Verlobungsring trägt, den du ihr angeblich geschenkt hast.«

Er setzte sich. »Das ist ja das Letzte.«

Ich wollte weiter mit ihm böse sein, aber er sah so umwerfend aus, dass ich es einfach nicht schaffte. Dann sah er mich direkt an. Ich versuchte nicht zu blinzeln, weil das ja als attraktiv gilt (nicht zu blinzeln, mein ich). Er sagte: »Hör mal, Georgie, ich hab da echt ein Problem. Die Wahrheit ist, dass ich nach einer Möglichkeit gesucht habe, die Sache mit Lindsay zu beenden, aber ich möchte ihre Gefühle nicht verletzen.«

»Ja, das ist wohl schwierig, was?«, sagte ich. »Weil sie dich ja offensichtlich sehr mag. Aber ich hab 'ne Idee...«

Er sah mich erwartungsvoll an. »Was für eine?«

»Ich sag ihr einfach, natürlich auf nette Weise, was für ein Waschlappen sie ist und dass mit dir Schluss ist. Das reicht doch sicher.«

Er musste tatsächlich lachen! »Du bist verrückt. Nein, das ist mein Problem und ich krieg's schon hin. Aber ich muss dir noch was sagen.«

Jetzt kommt's, dachte ich (aber ohne zu zwinkern). Er wird sagen: »Du bist das Mädchen meiner Träume, willst du meine Freundin werden? Du bist das süßeste Mädchen, das ich je ...«

So weit war ich in Gedanken gerade gekommen, da unterbrach er mich: »Ich muss es dir sagen, es wäre nicht fair, nichts zu sagen ... Na ja, ich fühl mich zu dir hingezogen«, (ich versuchte nicht zu sehr zu grinsen oder zu lächeln, damit er es sich nicht noch mal anders überlegte, wenn er sah, wie sich meine Nase über das ganze Gesicht ausbreitete), »aber ich kann nicht mit dir gehen.«

»Warum nicht?«, fragte ich und er sagte: »Weil du zu jung bist. Ich bin fast achtzehn – es wäre nicht richtig, ich vergreif mich doch nicht an Kindern.«

Ich versuchte mit ihm zu handeln. Ich sagte sogar: »Ich bin nicht wirklich vierzehn, ich bin schon fünfzehneinhalb, ich bin nur nicht so helle, deshalb haben sie mich ein Jahr zurückgestuft.«

Er lachte, aber irgendwie traurig. Dann gab er mir noch einen letzten Kuss oder so was in der Art und ging.

Mitternacht Zu jung für ihn. *Merde, merde merde, double merde.* Wo Angus wohl steckt? Ich könnte was zum Kuscheln gebrauchen, selbst wenn er mich so richtig beißen würde.

Montag, 5. Juli

11:30 *Molto dramatico!* Robbie hat mit Lindsay Schluss gemacht!!! Hurra!!! Als sie in die Schule kam, hatte sie ganz zugeschwollene Augen, wie kleine rote Bonbons. Ich bin im Gang an ihr vorbeigekommen und sie sagte: »Hoffentlich bist du jetzt zufrieden, du ekliges kleines Mädchen.« Ekliges kleines Mädchen, wie nett.

Ich hätte ja sagen können: »Wenigstens hab ich kein Schaumgummi im BH und keine Schnur im Hintern.« Aber da tat sie mir plötzlich ein bisschen Leid – schließlich würde sie ja wohl nie wieder einen Freund finden, während ich, selbst wenn ich ein ganzes Jahr warten müsste, eines Tages älter sein und Robbie dann kriegen würde.

17:30 Trotzdem, ich bin fertig – ein Jahr kommt mir ewig lang vor, und was ist, wenn er eine andere findet, ehe ich alt genug bin?

18:30 Immer noch keine Spur von Angus. Das ist echt ungewöhnlich. Er kommt doch sonst immer zum Fressen.

19:00 Hab die Straße nach Angus abgesucht. Mit 'ner toten Maus und einem Kotelett, um ihn anzulocken.

19:15 Bin gerade Mark begegnet, der in seiner Auffahrt mit einem Mädchen rumknutschte... Der kann's wohl nie lassen!! Wenn es stimmt, dass Stimulation die Teile größer macht (Busen usw.), dann hatte er vielleicht bei der Geburt ganz schmale Lippen und hat sie einfach nur zu sehr stimuliert mit seinem ewigen Geknutsche.

21:30 Von Angus keine Spur. Hab gehofft, er sitzt zu Hause und lauert mir hinter dem Vorhang auf, um sich auf meine Beine zu stürzen, aber er ist nicht da.

23:00 Keine Anrufe, kein Angus, Libby ist zu mir ins Bett gekommen. »Wo ist drosser Katerwichser?«, hat sie gefragt. Ich hab fast geheult. Ich hab sie ganz fest gedrückt, aber da ist sie nur böse geworden und hat mich ins Kinn gebissen.

Hab von Robbie geträumt. Ich hatte blondes Haar in dem Traum.

Dienstag, 6. Juli

19:30 Juhu!!! Ich hab's!!! Ich weiß, was mir mein Traum sagen wollte. Es gibt einen Weg, wie ich Robbie überreden kann, dass ich reifer bin als vierzehn Jahre … Ich muss mir nur 'ne blonde Strähne ins Haar färben. Eine blonde Strähne wird mich um Jahre älter wirken lassen!!!

Immer noch keine Spur von Angus. »Ich will dich ja nicht unnötig aufregen«, sagte Mum, »aber du weißt doch auch, dass er Autos auflauert und sie anfällt – vielleicht hat er ja zur Abwechslung mal den Kürzeren gezogen.«

Ich darf gar nicht dran denken.

Mitternacht Ich muss an all die Tiere auf der Welt denken und die ganzen traurigen Sachen, die ihnen passieren. Kleine Küken, deren Eltern einen Tagesausflug auf dem Lastwagen des Bauernhofs machen und niemals wiederkehren, weil sie auf dem Tisch von irgendjemand landen. Und all die kleinen Lämmer, die sehen, wie ihre Mamis und

Papis eingeladen werden in den Viehtransporter … Ich halte das nicht aus! Nie wieder ess ich Fleisch.

1:00 Pflanzen fühlen auch Schmerzen, heißt es. Zum Beispiel all die kleinen Kartoffelbabys, die mit ihren Kartoffelschwestern und Kartoffelbrüdern gemütlich unter der Erde liegen, und auf einmal kommt eine große Hand und reißt sie raus und … zerstückelt sie. O Gott, jetzt kann ich auch nie mehr Fritten essen.

2:30 Was kann ich denn dann essen?

4:00 Wenn ich mich zu Tode hungern würde, ob mich Robbie dann wohl für erwachsen genug hielte?

Mittwoch, 7. Juli

8:00 Ich wache auf und bin völlig gerädert und niedergeschlagen. Angus fehlt mir. Mum fehlt er sogar auch. Der ollen Mrs. Nebenan wohl eher nicht. Als ich sie gefragt habe, ob sie ihn gesehen hat, sagte sie: »Nein. Aber ich weiß, dass er nicht in meinem Garten war, weil nichts tot ist oder ausgegraben, und mein Hund ist auch nicht so ein Nervenbündel wie sonst.« Ich hasse sie – hoffentlich bleibt ihr Mann im Gewächshaus stecken, damit sie weiß, wie ich mich fühle. Dann weiß sie, was echter Schmerz ist.

Und Leid.

14:30 Tintenschlacht in Reli. Normalerweise heitert mich das auf, aber ich konnte nicht mal richtig zielen, so traurig bin ich.

In der Schule wird getratscht, dass Lindsay nicht mehr isst und Dingsbums hat – Magersucht. Wie soll man das denn feststellen, sie ist doch sowieso so dürr.

Bald sind Sommerferien, dann muss ich das Höllenloch hier für 'ne Weile nicht mehr sehen.

Freitag, 9. Juli

20:50 Ich glaube tatsächlich, dass Angus überfahren worden ist oder so was Ähnliches. Er fehlt mir, wir haben viel miteinander durchgemacht, er und ich. Dummer, haariger Spinner. Aber ich hab ihn lieb. Es ist mir wohl beschieden, dass ich alles verliere, was ich liebe.

Sonntag, 11. Juli

14:00 Jas und ich haben alle Straßen um ihr Haus herum abgesucht, falls Angus mir mal zu ihr gefolgt ist und sich dann verirrt hat. Wir standen gerade vor ihrem Haus, als Robbie in seinem Mini vorfuhr. Er wirkte ein bisschen zerzaust, aber ich war zu bedrückt, um mir viel Gedanken darüber zu machen. »Habt ihr Angus gefunden?«, fragte er.

Ich sagte: »Nein, wir haben schon überall gesucht.«

Mittwoch, 14. Juli

15:30 Es gibt doch immer einen kleinen Silberstreifen am Horizont. Ich sitze an der Schulmauer im Schatten und denke so vor mich hin. Die anderen lagen alle in Turnhosen am Tennisplatz und bräunten sich. Das Stück Mauer, an das ich mich gelehnt hatte, war in der Nähe von Elvis' Kabuff.

Ich konnte sehen, dass er den Mantel anzog und seine Einkaufstasche nahm – meine Güte, wie trottelig er aussieht. Er machte die Tür des Häuschens zu, schloss aber nicht ab und ging weg. Ich hatte nichts Besonderes zu tun und fand, ich könnte mich mal eine Weile in sein Kabuff setzen – ausprobieren, wie es sich anfühlt, Schulhausmeister zu sein.

In dem Häuschen war nicht viel drin – ein Stuhl und ein Tisch und ein kleiner Kühlschrank und ein paar Zeitschriften, in denen er gelesen hatte. Ich setzte mich und blätterte sie durch … und mir fiel fast die Kinnlade runter. Das waren nämlich schmutzige Heftchen, ihr versteht schon. Titel wie *Fiesta* und *Megaweiber*. Eines davon hieß *Nachbarsleute* und war voll von freizügigen Fotos von Lesern und ihren Frauen in der privaten Abgeschlossenheit ihrer Schlafzimmer daheim. Manche der Personen waren vielleicht fett!!! Ich blätterte die Seiten bis zum Mittelblatt durch. Und das Mittelblatt zeigte ELVIS und MRS. ELVIS!!!! VÖLLIG »MIT OHNE«!!! Nicht zu fassen. Elvis nackt. Elvis stand nackt am Wasserkessel und tat so, als ob er Tee machte und Mrs. Elvis machte den Abwasch, auch nackt!!!

Ich nahm das Heft mit und zeigte es in der ganzen Klasse rum. Wir mussten den ganzen Nachmittag lachen; jemand musste nur sagen: »Wie wär's mit 'ner Tasse Tee, Liebes?«, und schon prusteten wir wieder los. Oje, oje, mir tat der ganze Bauch weh vor Lachen.

Elvis weiß, dass jemand sein Heft geklaut hat, aber er kann ja nichts sagen. Wenn ich ihn sehe, lass ich die Blicke einfach zu seiner Hose runtergleiten …

12:00 Freude, Freude, superduper Freude. Juhu-juhu! Robbie hat mich gerade angerufen. Er hat Angus gefunden!! Er war auf der Suche nach ihm gewesen, da hat er ein paar Hunde bellen hören und ist hingegangen, um zu sehen, warum sie so kläfften. Und der Grund war Angus, angebunden. Irgendwelche Leute haben ihn gefunden. Er hatte eine wehe Pfote, die hatten sie ihm verbunden, und ihn angeleint, bis sie seinen Besitzer gefunden hätten. Sie hatten überall Zettel aufgehängt, aber die waren mir entgangen.

Robbie sagte, die Leute seien verdammt froh gewesen, ihn loszuwerden, er hat nämlich schon zwei Türvorleger und eine Wäscheleine gefressen. Dabei haben sie Glück, dass sie so glimpflich davongekommen sind.

Auf jeden Fall bringt Robbie ihn um fünf rüber.

13:00 Mum ist ausgegangen und ich bin wild entschlossen, Robbie zu zeigen, dass ich viel älter bin als vor zwei Wochen. Ich hab kein Geld und Mum hat ihren Geldbeutel egoistischerweise mitgenommen, aber ich habe einen PLAN.

14:00 Wir haben eine Flasche mit Peroxyd, damit reinigt Granny ihr Gebiss, wenn sie bei uns ist. Es steht im Badezimmerschränkchen und ich nehme es, um mir eine richtig elegante blonde Strähne in die Ponyfransen zu bleichen.

14:30 Ich hab's aufgetragen, wie lange muss es wohl draufbleiben? Meine Kopfhaut brennt, das muss wohl heißen, dass es wirkt.

15:30 Die Strähne ist orangefarben geworden!! Das heißt, ich muss wohl noch mehr auftragen.

16:15 Jetzt ist sie knallgelb. Ich seh aus wie ein Kanarienvogel.

17:00 Gott sei Dank, das Haar ist weiß geworden. Es gefällt mir ganz gut. Fühlt sich allerdings ein bisschen spröde an. Na, es wird mit der Zeit schon wieder weich werden. Ich finde, ich sehe mindestens vier Jahre älter aus.

17:30 Robbie kommt mit Angus. Ich habe mich so gefreut, ihn zu sehen, dass ich versucht habe ihn zu drücken, aber er hat nach mir ausgeholt und gefaucht, bis ich ihm ein Hühnerbein gegeben hab (Angus, nicht Robbie).

Als ich aufstand, bemerkte Robbie mein Haar. Er war anscheinend beeindruckt, denn er sagte: »Äh – du hast ja 'ne weiße Strähne im Haar.«

»Ja, gefällt sie dir?«, fragte ich.

Wir schwiegen beide einen Augenblick. Ich dachte: Los, küss mich, küss mich!, aber er sagte: »Weißt du, es ist nicht leicht für mich, ich sollte besser gehen.«

»Danke für Angus«, sagte ich.

»Ach, das geht schon klar«, meinte er. »Ich wusste ja, wie du an ihm hängst und die Kratzer heilen schon mit der Zeit und die Hose kann ich wohl auch verschmerzen.«

Als er gehen wollte, machte ich einen letzten Versuch, ihm zu zeigen, dass ich reifer und vornehmer war, als mein Alter annehmen ließ. Ich warf die Mähne zurück, wie sie es immer in Filmen machen. Doch dann machte ich den Fehler, mir mit der Hand durchs Haar zu fahren. Die weiße

Strähne riss mir unter den Fingern ab und ich stand da mit dem Haarbüschel in der Hand. Robbie sperrte die Augen auf. Er starrte auf das Haarbüschel in meiner Hand, dann sah er mich an und schließlich fing er zu lachen an. Er sagte: »Mann, bist du vielleicht verrückt«, und dann küsste er mich. (Ich warf das Haarbüschel aufs Sofa und Angus stürzte sich darauf – vielleicht hat er gedacht, es wäre ein Hamster oder so was.)

Nach einem langen Kuss der Kategorie sechs sagte Robbie: »Hör mal, vielleicht lassen wir uns einfach Zeit. Wir können ja ab und zu mal ausgehen, oder? Mal sehen, wie's läuft? Wir können es ja anfangs noch ein bisschen geheim halten?«

Also, Ende gut, alles gut. Jetzt bin ich fast schon Robbies Freundin, ju-hu. Sommerliebe, Sommerliebe!!!

Ende

21:00 Mum kam rein. »Das wär's, es kann losgehen – ich hab sie!!«

Aus meinen romantischen Träumen heraus fragte ich: »Was hast du, Mutti?«

»Die Tickets für uns.«

»Tickets wofür?«

»Flugtickets nach Neuseeland. Als du gesagt hast, dass du weg willst, hab ich gebucht. Dad hat sie uns gezahlt und nächste Woche geht's ab nach Whangamata.«

Sacré verdammt noch mal *bleu* und *merde*!!!

replica

Jeder Mensch ist einzigartig – oder?

Marilyn Kaye
Replica (Band1)
AMY № 7

OMNIBUS Nr. 25009

Marilyn Kaye
Replica (Band 2)
AMY, GEJAGT

OMNIBUS Nr. 25010

Marilyn Kaye
Replica (Band 3)
AMY TRIFFT AMY

OMNIBUS Nr. 25011

Amy Candler besitzt außergewöhnliche Fähigkeiten. Sind ihre Gene vor der Geburt manipuliert worden? Eine spannende Serie um geheime Experimente und die gefährliche Suche nach der Wahrheit.

OMNIBUS XL

Junge Bücher mit Format
von Bertelsmann